Universale Economica

BANANA YOSHIMOTO
L'ULTIMA AMANTE DI HACHIKŌ

Traduzione di Alessandro Giovanni Gerevini

Feltrinelli

Titolo dell'opera originale
ハチ公の最後の恋人

Traduzione dal giapponese di
ALESSANDRO GIOVANNI GEREVINI

Prima edizione nell'"Universale Economica" giugno 1999

ISBN 88-07-81549-4

Avvertenza

Per la trascrizione dei nomi giapponesi è stato adottato il sistema Hepburn, secondo il quale le vocali sono pronunciate come in italiano e le consonanti come in inglese. Si noti inoltre che:

ch è un'affricata come la *c* nell'italiano *cesto* (per esempio, "Hachi" va letto "Haci")

g è sempre velare come in *gatto*

h è sempre aspirata

j è un'affricata come la *g* nell'italiano *gioco*

s è sorda come in *sasso*

sh è una fricativa come *sc* nell'italiano *scelta*

w va pronunciata come una *u* molto rapida

y è consonantico e si pronuncia come la *i* italiana.

Il segno diacritico sulle vocali indica l'allungamento delle stesse.

Seguendo l'uso giapponese, il cognome precede sempre il nome (fa qui eccezione il nome dell'autrice).

Per il significato dei termini giapponesi si rimanda al *Glossario* in fondo al volume.

Hachi

Non che odiassi particolarmente la vita, eppure la visuale che si rifletteva nei miei occhi era sempre lontana e sfumata come in un sogno. Percepivo le cose in modo innaturale, estremamente vicine o remote.

In quel periodo, l'unica persona che nel mio mondo riuscisse a vedere a colori, l'unica che parlasse una lingua che le mie orecchie erano in grado di decifrare senza fatica, era Hachi.

Pertanto, i momenti che trascorrevo in sua compagnia nell'arco della giornata erano anche gli unici in cui riuscivo a stare con me stessa.

Si trattava di *rendez-vous* tristi e brevi, ma che erano anche germogli in cui si celava ogni cosa.

Per crescere alla svelta, in un modo così libero da apparire voluttuoso, diretta verso la luce del sole.

A casa di Hachi viveva una ragazza più grande di me. "Più grande" per modo di dire, perché in verità faceva l'ultimo anno delle superiori.

Una tipa in gamba e senza pensieri. A starle vicino però ci si stancava, perché era sempre, sempre di corsa, patita com'era per le scorribande notturne in moto con gli amici, fra una tirata di solvente e una di *speed*.

Ma nonostante fosse sempre fuori casa, diventava di cattivo umore quando rientrava e coglieva in flagrante me e Hachi – che so – sul tetto della casa intenti a guardare le stelle, mentre ci scambiavamo qualche bacino oppure immersi nella dolce atmosfera delle piccole intese.

Senza che ci fosse un motivo specifico, quando eravamo sole la chiamavo "Mamma". "Mamma, metti le uova a bollire!", "Mamma, prendi un tè?" eccetera. Lei invece mi chiamava per nome, "Mao", ed era molto carina con me.

Esile, con i capelli castani e il modo di fare gentile da adulta, la Mamma morì appena prima che finisse la scuola, bruciando le tappe della vita alla stessa incredibile velocità con cui aveva vissuto le sue giornate. Accadde su un passo di montagna a Hakone, in un incidente di moto, in sella all'ennesimo amico centauro.

Spesso ancora adesso quando sento la parola "mamma" mi ritorna in mente il suo volto senza sopracciglia, piuttosto che quello della mia vera madre.

La sera prima che morisse, Hachi non era in casa. Era andato a trovare degli amici e si era fermato da loro per la notte.

Io mi ero messa a dormire sola sul mio *futon* e la Mamma nel letto matrimoniale della stanza accanto. All'improvviso, verso le tre, la vidi aprire il *fusuma* della mia camera ed entrare.

Turbata da un immotivato senso di tristezza, sfogliavo

una rivista senza riuscire a prendere sonno. Ancora adesso ricordo le spaventose sensazioni da cui eravamo circondate quella notte, presagi di solitudine e ansia. Quando si è in procinto di affrontare qualcosa di sconosciuto e di enorme, l'animo si rende conto di non potercela fare da solo e così, per quanto la mente si impegni a trattenerlo, cerca di scappare lontano e perdersi.

In quel momento la Mamma aveva la stessa espressione di Senna prima della sua ultima corsa. La faccia di quando ci si augura che accada alla svelta ciò che di spaventoso e inevitabile sta per succedere... di quando si è consapevoli che ci si sentirà meglio soltanto allorché tutto sarà finito. La stessa identica faccia di una bambina dell'asilo in coda per la vaccinazione.

"Mao, stai dormendo?" mi chiese la Mamma.

"No, sono sveglia."

"Posso venire sotto le coperte?"

"Hai fatto un brutto sogno?"

"Sì."

E si infilò schiacciandomi con il suo corpo bollente. In quella posizione senza via d'uscita mi sentivo molto strana. Dopo qualche minuto, mi chiese:

"Mao, posso baciarti?".

Lo sguardo era serio. "Va bene," le risposi. Non è così semplice rifiutare una richiesta avanzata con tanta serietà e franchezza. O, per lo meno, io non sono in grado di farlo.

La Mamma mi baciò. Mi diede molti, moltissimi baci, di quelli profondi. Con le sue labbra morbide, roventi, sottili. Con gli occhi serrati forte forte, come se temesse che il mondo potesse sparire se mai li avesse aperti.

Come sempre osservavo la scena da lontano, chiedendomi in quale mare mi avrebbe condotta di lì in avanti.

Poi mi infilò la mano nel pigiama e prese a toccare il mio corpo da bambina. Lo faceva in un modo davvero anatomico, come per verificare la struttura del corpo. Era la prima volta che venivo penetrata in quel posto da un dito. Ci rimasi di stucco. In bilico tra tensione e godimento, non riuscivo a raggiungere l'orgasmo.

"Ogni volta che lo faccio con una donna, finiti i preliminari non riesco mai a decidere cosa fare."

Disse e dopo poco sorrise. Un sorriso bellissimo. Innocente.

"Vuoi che continui?" mi chiese.

"Se vuoi posso restituirti il favore," ribattei io ansimante. "Restituirti il favore", era un capolavoro di espressione. L'avevo scelta davvero bene.

"No, grazie. Adesso mi vergogno," rispose, poi mi fece segno di stare zitta e si fece tutta orecchi.

"Hai sentito la musichetta del Daigakudō?"

Daigakudō era il nome del camioncino di un ambulante che vendeva hot dog e gelati nella zona.

"È impossibile, sono le tre del mattino!" risposi.

"Sarà... Eppure sono sicura di averla udita. Senti, non ti andrebbe di uscire a prendere un gelato?"

"Adesso?"

"Sì, mi è venuta voglia."

"Ma domani mattina non devi svegliarti presto? Vai a Hakone, no?"

"Non preoccuparti! Vieni con me che te lo offro io!"

Infilammo una giacca sopra il pigiama e uscimmo in cerca di quell'improbabile gelataio nottambulo. A notte fonda, nel buio della città, attraversando vicoli che non facevano ancora presagire gli albori del mattino. Con il rumore dei nostri passi che risuonava nel silenzio, mano nella mano, lo cercammo all'infinito, come due sceme.

Alla fine comprammo due gelati confezionati in un *convenience store*. La Mamma mangiava il suo al gusto di Calpis, tutta contenta. Lo raccoglieva accuratamente con il cucchiaino per poi leccarlo con la sua piccola lingua da bambina.

"Grazie, Mao. Grazie," disse e aggiunse:

"Ti concedo di andare a letto una volta con Hachi, ma solo perché sei tu!".

"Una volta?"

"Va be', facciamo tre."

"Se è per così poco, è meglio che non ci vada affatto," risposi dandomi arie da donna vissuta, nonostante non fossi ancora stata con un uomo.

La Mamma si mise a ridere.

"Vorrà dire che quando morirò – per esempio se domani a Hakone dovessi schiantarmi contro un muro e lasciarci la pelle – allora potrai fare l'amore con lui tutte le volte che vorrai. Però, in cambio, sappi che se lo farai andare con delle altre, ti perseguiterò con dei malefici fino alla morte."

Pensai, forse a ragione, di risponderle che quella mi sembrava una richiesta impossibile da assecondare alla mia età visto che di lì in avanti avrei di sicuro conosciuto molte altre persone, ma lasciai perdere.

Quando vidi il suo bel profilo fluttuare nel buio, pallido e delicato al punto di far trasparire la luce, ebbi un fremito e le parole mi si fermarono in gola.

Che l'ambiente familiare formi le persone è una cosa, bene o male, risaputa; comunque, tanto per fare un esempio molto semplice, avevo dei conoscenti rigorosamente vegetariani che avevano cresciuto la figlia facendole mangiare soltanto prodotti biologici. La ragazza, però, durante il periodo di ribellione tipico dell'adolescenza, era diventata l'amante di un riccone sopra i trenta e aveva cominciato a condurre una vita dissoluta, tra l'altro mangiando carne ogni giorno. Noi che la conoscevamo giustificavamo il suo comportamento come l'ovvia reazione al tipo di educazione ricevuta. Una volta adulta, però, se ne era andata di casa all'improvviso e si era trovata un ragazzo barbuto. Insieme erano andati a vivere in campagna dalle parti di Yamanashi e avevano cominciato a coltivare i campi.

Anche se in un modo non così semplice da capire.

Tutti più o meno ci comportiamo nella stessa maniera. Possiamo pure diventare violenti o scappare lontano ma, comunque sia, agiamo sempre nell'ambito della nostra educazione. Di sicuro anch'io continuerò a fare così fino alla morte, soltanto che non ne sarò consapevole.

Si racconta che in paradiso i bambini scelgano la madre che li concepirà. Una decisione che gli angeli prendono sopra soffici nuvole rosa.

Sono certa che sin da quel momento ci sia qualcosa di prestabilito.

A dire che "il nucleo della sfortuna è da individuare sempre nella famiglia" è stato il regista italiano Dario Argento. "Le tende rappresentano l'immagine della madre. Possono avvolgere per trasmettere calore, ma anche soffocare. Allo stesso modo le nostre madri possono proteggerci o ucciderci."

La mia famiglia era a capo di una sorta di piccola setta religiosa. Perché mia nonna, una sensitiva con poteri soprannaturali, era in grado di fare profezie, aiutare le persone in difficoltà e guarire i malati. Col passare degli anni, poi, in molti avevano preso a vivere in casa, così da creare una comunità a cui la nonna aveva deciso di dare il nome di "Villaggio dell'amore". Una storia, comunque, di gran lunga precedente alla mia nascita.

Quando fui abbastanza grande da riuscire a capire come andavano le cose, era ormai mia madre il perno intorno a cui orbitava tutto.

Il mio padre naturale non si sa chi sia.

Un probabile genitore era stato individuato, se non altro per una questione di comodità, ma mancavano le prove. Nessuno poteva sapere con certezza di chi fossi figlia, perché mia madre era una donna molto disinibita, e per lei ricevere indifferentemente il seme da tutti gli inetti che giravano per casa era come bere un bicchier d'acqua.

Non credevo a niente e a nessuno. Sin da piccola mi ero abituata a fare la cresta sulla spesa e a mettere via i soldi "per un domani". E in continuazione cercavo di scappare di casa.

In ogni caso riconoscevo i meriti di mia nonna. Voleva che la comunità si sciogliesse alla sua morte e diceva che, tutto sommato, riusciva a starne alla guida soltanto perché gli dei le indicavano la strada da seguire. Diceva anche che non era possibile interrompere il corso degli eventi e che se una cosa prendeva una brutta piega, ci avrebbe comunque pensato il cielo.

"Povera bambina," così mi apostrofava di quando in quando.

"Tu da grande diventerai pazza o intraprenderai la strada della pittura. Non accettare mai e poi mai di portare avanti la comunità, anche se ti pregheranno di farlo. Se cederai, impazzirai di sicuro. A te si addice la pittura. Se invece continui così, farai una brutta fine. La chiave del tuo futuro arriverà da lontano, da molto lontano. La troverai in un ragazzo venuto dall'India che si chiama come quel cane fedele, Hachikō... sì, Hachi. Tu sarai l'ultima amante di Hachi!"* mi disse la nonna nel delirio della febbre durante l'ultima visita che le feci prima che morisse.

"Aspetta un attimo!"

Acchiappai un foglio e presi nota.

Non prendere il comando della comunità. Dipingere. L'ultima – IMPORTANTE – *l'ultima amante di Hachi.*

Così, quando davvero era comparso un ragazzo di nome Hachi, non mi ero stupita affatto.

L'avevo conosciuto dopo la morte della nonna, nel periodo in cui cominciavano a venire a galla i problemi di gestione e di contabilità che sino ad allora erano stati tenuti nascosti. Tutti si chiedevano chi sarebbe diven-

* *Hachikō.* Il nome vero e proprio è soltanto "Hachi". Il suffisso *-kō* che compare anche nel titolo viene posposto per indicare familiarità o disprezzo a seconda dei casi. "Hachi" di per sé è un nome molto raro, tanto da richiamare inevitabilmente alla mente quello del famosissimo cane di Shibuya, passato alla storia per aver aspettato nove anni davanti alla stazione il ritorno del padrone ormai defunto. [*N.d.T.*]

tato il nuovo capo spirituale, chi sarebbe succeduto alla nonna.

Lei aveva lasciato detto che era suo desiderio che la comunità si sciogliesse, ma erano quasi venti le persone che non sarebbero state in grado di vivere per conto loro se tutto fosse finito. Il numero di quelli che, pur non vivendoci, orbitavano intorno a casa nostra era però molto più elevato. Per cui si era deciso di continuare comunque in qualche modo le attività del Villaggio dell'amore.

Era un periodo in cui mia madre bruciava d'ambizione, in una forma mai conosciuta in passato.

Non ne potevo più di quella situazione e così, ancora una volta, me ne ero andata di casa. Mi trovavo di notte in un Mister Donut molto lontano a bere l'ennesimo caffè. Intontita dal sonno, ero ormai rassegnata ad accogliere qualsiasi cosa. La notte era densa e buia, le tenebre nascondevano gli edifici e sembrava che dovessero entrare da un momento all'altro attraverso le porte automatiche per avvinghiarsi a me. Le sentivo contro i miei occhi scuri, le mie gambe sfinite, ormai incapaci di portarmi altrove.

Quando Hachi entrò con la Mamma, nella confusione della mia mente mi chiesi:

Chi sono questi due? Mi sembra di conoscerli.

La Mamma mi individuò e mi chiese:

"Di che liceo sei?".

"Faccio la terza media," le risposi in tutta onestà e lei con voce dolce disse:

"Ospitiamola da noi per la notte, Hachi! È ancora una bambina".

"Va bene," disse lui.

Nella mia testa quel nome, "Hachi", prese a risuonare come un mantra ripetuto all'infinito. Doveva avere all'incirca diciotto o vent'anni. O forse era molto più grande.

"Ti piace l'India?" gli chiesi.

"Certo! Come potrebbe non piacermi, i miei genitori sono indiani. Quelli adottivi, intendo," mi rispose come se fosse stata la cosa più normale del mondo e tirò fuori il portafogli dalla tasca dei pantaloni. Dopo di che estrasse a fatica delle vecchie fotografie tutte piegate e me le fece vedere.

Una ritraeva un bambino piccolo e una coppia anziana di indiani dall'aspetto distinto.

"Questo sono io!"

"Ahh..." Non c'erano dubbi, era proprio lui.

"Questi vecchietti sono morti quando avevo tredici anni."

In un'altra c'era sempre lui da piccolo in posa, con una città indiana alle spalle. In braccio a un ragazzo del posto che aveva in testa un turbante avvolto alla perfezione.

"Lui è uno dei miei fratellastri, sai, ne ho ben sei!"

"Fino a quando sei vissuto in India?"

"Quando i miei sono morti, ho fatto un viaggio per il paese. E poi sono tornato in Giappone."

"Facevi qualche lavoro?"

"No, sai, i miei erano ricchi. L'attività di famiglia adesso la porta avanti il primogenito, io ho avuto la mia parte di eredità, però ho fatto anche una serie di lavoretti."

"E perché saresti finito in India?"

"È una lunga storia, la vuoi sentire?"

Hachi sorrise.
Come un bambino, come il cielo azzurro.
"Vieni a casa nostra!"

L'appartamento di Hachi e della Mamma era al primo piano di un vecchio edificio. Nella stanza in fondo c'era un'enorme finestra a vetri con davanti un grande letto matrimoniale. Era un ambiente vuoto in cui la luce della luna entrava abbondante.

Facemmo un brindisi con birra e *doughnuts*. La Mamma era curiosa di sapere cosa mi fosse successo.

Le spiegai che la mia famiglia era a capo di una setta religiosa e che ero scappata di casa per l'ennesima volta dopo che il mio presunto padre mi aveva ordinato di prendere parte a una cerimonia che si sarebbe svolta l'indomani.

Lei, forse perché appassionata di hard rock, tutta felice mi chiese:

"Fate dei sabba? Immolate, che so, dei caproni?".

Mentii dicendole che al massimo arrivavamo alle galline e la feci contenta.

"I miei veri genitori pare che fossero degli pseudo *hippies* giapponesi. Sono stati loro ad abbandonarmi in India," disse Hachi.

La Mamma nel frattempo si era sdraiata a terra per sfogliare una rivista e si era addormentata. Aveva il respiro regolare e profondo. Il viso, poi, era quello di una bambina, la giusta espressione per la sua età. Mi piaceva moltissimo. E io dovevo piacerle altrettanto visto che mi aveva dato il permesso di rifugiarmi da loro in qualsiasi momento e mi aveva addirittura confidato dove tenevano nascosta la chiave di casa.

Così, praticamente sola con Hachi, pensai al significato del termine "amante". Mi sembrava molto improbabile che Hachi potesse diventare il mio ragazzo. Eppure, stando a quanto aveva detto la nonna, forse lo sarebbe diventato.

Se così fosse stato, chi poteva sapere se in futuro avrei trascorso la notte al suo fianco in quel letto matrimoniale.

Non riuscivo neanche a immaginarlo.

Perché mi piaceva la Mamma. Perché non avrei mai potuto farla piangere. Come al solito, da brava scema, sono sempre troppo corretta.

Gli chiesi il seguito della storia.

"E perché diavolo ti hanno abbandonato proprio in India, piccolo com'eri?"

"Vallo a sapere! L'hanno fatto e basta. I miei genitori adottivi erano già avanti negli anni quando mi hanno trovato. Erano persone molto religiose, pare che avessero addirittura donato una casa a un santone sconosciuto a cui erano particolarmente devoti e che dessero da mangiare ai suoi seguaci più poveri. Poco prima di adottarmi, il santone aveva predetto loro che presto avrebbero trovato un bambino giapponese e che l'avrebbero dovuto tenere con sé. Aveva detto anche che se l'avessero fatto, avrebbero influenzato positivamente il loro karma. Poi sono arrivato io, una sorta di dono del cielo, e loro mi hanno cresciuto con tutte le premure possibili."

"Ti è andata bene, no?"

"Direi proprio di sì!"

"Non trovi che le nostre esperienze siano simili? Mi riferisco ai colori dei mondi in cui siamo capitati, all'atmosfera."

"Così sembrerebbe," disse Hachi. "Quando avevo dieci anni, partecipai con i miei a un rito celebrato in mio onore dal loro santone, e così lo incontrai per la prima volta. Era una cerimonia in cui lui mi avrebbe detto come era stata la mia vita precedente, qual era il mio karma, cosa mi avrebbe riservato il futuro, il motivo per cui mi trovavo su questa terra. Mi avrebbe trasmesso degli insegnamenti perché non imboccassi una strada sbagliata. Nonostante fosse ormai un vecchio decrepito, aveva un'incredibile luce negli occhi, tanto che mi agitai tutto. Avevo la sensazione che mi stesse osservando fin nelle viscere. E come sempre nei momenti di grande misticismo, va a finire che a noi esseri umani vengono in mente soltanto cose sconce, oppure le pisciate per strada. Il santone mi guardava con un'espressione tristissima, carica di compassione."

"E poi cos'è successo? Che cosa ti ha detto?" Volevo sapere subito il resto della storia.

"Ha detto che c'erano un luogo e un tempo giusti per ogni cosa... che avrei cercato di incontrare tutti i guru del paese, che col tempo sarei riuscito a riconoscere la mia strada e che un giorno mi sarei ritirato su un monte a meditare."

E allora perché diavolo sei qui? volevo chiedergli, ma non ci riuscii. Pensai che mi stesse prendendo in giro per rendere interessante e al tempo stesso divertente la nostra conversazione. Anche perché, fra l'altro, aveva l'aspetto di un ragazzo giapponese qualsiasi.

Dopo di che gli raccontai la mia storia come un'invasata. Le parole uscivano dalla mia bocca senza fermarsi come la pioggia di un giorno di tifone, come in un melodramma, tutto perché erano cose che non avevo mai detto a nessuno.

"Perché mi dai tutte queste spiegazioni?" mi chiese Hachi.

"Perché vengo da un ambiente in cui non sarei riuscita a restare me stessa se non avessi cercato ogni volta di dare spiegazioni a quello che succedeva intorno a me."

"Lo vedi! Continui a darmi troppi dettagli!" commentò ridendo.

"A cosa servono le religioni? Il mondo intero si manifesta tutto in una volta, sotto molteplici forme, perché mai dobbiamo accontentarci di ritagliarne solo microscopiche schegge?"

Hachi portava sulle spalle il peso di qualcosa di enorme, come un cielo stellato, un mare, una montagna. Oppure un sentiero estivo su cui cammina una vecchietta barcollante, l'ultimo sguardo di una persona un istante prima di morire, o ancora il momento in cui un neonato si separa per la prima volta dal corpo della madre. Avevo perso. Le mie parole, simili al giardino in miniatura di un bambino autistico, non riuscivano a competere con le sue e suonavano affettate anche se ce la mettevo tutta spalancando gli occhi.

Volevo essere libera.

Andare più lontano di tutti i luoghi che sino ad allora avevo visto al cinema e in televisione, oltre i bonzi del Tibet, i bambini di Istanbul, le vacche coricate per le strade di Katmandu. Immergermi in me stessa sino in fondo, immergermi e chiudermi dentro, chiudermi dentro per poi essere liberata. Passare per un tunnel pieno di fango sotto le acque di un lago e poco dopo sbucare in una bella insenatura.

Da quella volta decisi di non spiegarmi più a parole. La convinzione che, se l'avessi fatto nei minimi dettagli, sarei riuscita a far capire al mondo anche il tipo di sangue che mi scorreva nelle vene era l'ultima illusione infantile che ancora irradiavo per tutto l'universo attraverso il mio triste corpo, più vecchio della mia età.

In quell'occasione per la prima volta mi comportai da adulta, e mi innamorai della mia anima.

Se si sperimenta anche un solo istante di amore intenso verso se stessi, l'odio nei confronti della vita se ne va. Grazie, Hachi! Non dimenticherò mai il tuo prezioso insegnamento. Farò in modo di non cancellare mai il senso di gratitudine per quello che hai fatto per me, anche se dovessimo litigare e non parlarci più, anche se dovessimo arrivare a odiarci.

A quindici anni presi una decisione piuttosto risoluta.

I ricordi di quel periodo sono lontani, non riescono a imprimersi sullo schermo della memoria.

Sono immagini sconnesse, semplici schegge di colore che brillano ognuna per proprio conto.

...Vidi per la prima volta la madre della Mamma al suo funerale. Era una signora normalissima, ma dall'aspetto un po' eccentrico e dissoluto. Piansi tantissimo, più che a quello di mia nonna. Lei mi guardava sconcertata mentre vomitavo tutte le mie lacrime.

La belva che immobile punta la preda da dietro un albero non è paziente per il piacere che riceverà dalla caccia, non mette da parte i suoi risparmi per garanzie future.

Agisce così solo perché ha voglia di comportarsi così.

Pertanto è meglio evitare di mangiare quando non si ha fame o di dormire quando non si ha sonno. In questo mondo folle dove il tempo è una cosa assurda, in cui non è assolutamente detto che si venga premiati in misura proporzionale agli sforzi compiuti, è bene usare la testa e vivere pensando solo a ciò che si vuole conquistare. Vivere senza perdere di vista quella luce, mantenendo l'equilibrio, adeguandosi alle circostanze. Se si fa così, non c'è bisogno di mentire. E possiamo anche fare a meno di immolare il povero capro, necessario a pagare lo scotto delle falsità dette per vivere. In cambio, però, proprio come animali, dobbiamo individuare da soli cosa c'è al di là di molte cose, eh sì, di cose incredibilmente drammatiche e fastidiose... Dobbiamo scoprirlo per conto nostro.

Questo è quello che la Mamma mi ha insegnato.

Non riuscivo a sopportare l'idea che nell'appartamento di Hachi lei non ci fosse più, così decisi di tornarmene a casa. Non andai più da lui, e tanto meno lo chiamai.

Prima della vera morte della mia amica, tutte le cose pseudomistiche che avevano seguito la scomparsa della nonna mi erano sembrate un po' finte.

Adesso invece mi rendevo conto che il suo spirito era ancora in casa e addirittura che cercava di parlarmi. Una cosa che, se fosse successa a mia madre, l'avrebbe fatta quasi impazzire di gioia; quanto a me, invece, mi lasciava indifferente. Ironia della sorte.

Gli adulti della comunità pregavano con tutte le loro forze e si riunivano di frequente seguendo quelli che chiamavano gli oracoli della nonna. Lei invece spesso se ne stava seduta in giardino sotto il fico senza fare rumore.

In una bella posizione che invitava alla poesia.

Se avessi svelato questo segreto a qualcuno, ero sicura che poi sarei stata costretta a prendere le redini della comunità, per cui decisi di tenerlo per me.

La sera quando spuntavano le stelle, venivano accese delle candele sull'altare della camera della nonna. Gli *shōji* facevano passare una luce soffusa che illuminava le tenebre con delicatezza. Un giorno la vidi mentre, seduta in silenzio, dava l'addio a tutte le cose di questo mondo.

Le sue guance avevano un colorito vivace. Gli occhi erano chiusi. Indossava un kimono turchino.

Osservai quella scena, andai a sedermi sul bordo dell'*engawa* e alzai lo sguardo al cielo.

Mi piacevano le stelle. E anche la vita di allora.

Poi l'animo mi si colmò di Hachi. Volevo incontrarlo, vedere il suo viso, anche se la Mamma era morta, ormai non mi importava più niente, avevo voglia di lui in modo spaventoso.

"Nonna, cosa volevi dire quando mi hai detto che sarei stata 'l'ultima amante'? Che Hachi morirà?"

Provai a chiederglielo davvero, ma lei se ne stette seduta senza rispondermi.

Forse aveva ben altro a cui pensare che preoccuparsi dei problemi sentimentali della nipote.

"Da noi c'è la nonna che continua a girare per casa, io non riesco più a starci. Tutti mi sembrano così ridicoli. Posso rifugiarmi qui come ai vecchi tempi?"

Era l'unica scusa che avevo per incontrare Hachi.

Camminavo sull'asfalto bagnato dalla pioggia ascoltando la musica.

La finestra del suo appartamento era illuminata.

Vidi la luce e ripresi la via del ritorno.

La mia scusa era svanita, ormai mi sentivo più vicina alla strada immersa nella notte.

L'appartamento di Hachi senza la Mamma mi faceva troppa paura. Eppure non mi restava che affrontarlo. Niente poteva rimanere incompiuto.

Eh sì, per un bel po' non vidi Hachi.

Nemmeno per caso. Come se non ci fosse stato niente tra noi. Andavo in giro, conoscevo un sacco di gente, ma non riuscivo a farmi degli amici.

Cosa orribile, feci sesso per la prima volta con uno del Villaggio dell'amore. Perché l'avevo a portata di mano come il telecomando del televisore.

Tutto sommato non mi piacevano gli uomini che facevano parte di quella ridicola comunità religiosa. Ma nei suoi confronti avevo provato una semplice simpatia, solamente perché era un po' carino quando sorrideva.

Era un buffone. Se ad esempio cercavo di prenderglielo in bocca, faceva commenti penosi del tipo "sono cose da non farsi!" e così via. Se ridevo di gusto, si metteva a recitarmi preghiere nelle orecchie invocando il nome della nonna. Neanche fossimo stati i protagonisti di una storia a fumetti.

Che stupida ero! Diventava sempre più difficile restare in quella casa. Arrivai a pensare che... lo stessi facendo apposta.

"Dovrei mettermi alla porta da sola e tornarmene in quel mondo di sogni?"

Hachi, Hachi, Hachi!

Fintanto che fossero esistiti gli attributi che solo gli uomini possiedono, avrei continuato ad amare i miei facili compagni di letto. Le mani degli uomini, le loro spalle, erano uguali a quelle di Hachi, diverse dalle mie.

Quella era la lunga, lunghissima strada che mi avrebbe condotta a Hachi, l'unica che mi era concesso seguire.

Era l'estate di un paio di anni dopo, l'immagine di Hachi prese a sfocarsi come quella della Mamma.

Avevo appena compiuto diciassette anni ed ero cresciuta tutt'a un tratto.

Proprio come un girasole, ero sbucata dal terreno fangoso ed ero arrivata fino al cielo.

Pensavo spesso:

"Faccio schifo, puzzo come le cipolle sulla mensola della cucina quando mettono i germogli".

Quel giorno ero in casa da sola. Nel buio mi preparavo a mettere in atto l'ennesima fuga.

Si celebrava una cerimonia molto importante e così tutti erano andati dalle parti di Izu.

Mia madre mi aveva detto che avrebbero organizzato qualcosa nella terra a cui la nonna era stata particolarmente legata e aveva insistito perché mi unissi al gruppo. Pare che uno della comunità l'avesse sognata e che lei nel sogno gli avesse detto di riunirsi tutti quel giorno nella località che tanto aveva amato.

Ma cosa stai dicendo? La nonna è ancora qui in giro... pensai di dirle, ma tacqui.

Mia madre moriva dalla voglia di sapere se avevo o meno dei poteri soprannaturali. Non che ne avessi di particolari, però a volte mi capitava ancora di vedere la nonna. E mia madre, con tutto il suo intuito, cominciava a capire qualcosa. Forse era ereditario. Ormai ero in pericolo, tanto che decisi di sparire per un po'.

Così, nonostante gli inviti pressanti, dissi che non mi sentivo bene e rimasi a casa.

Le mie fughe però non avevano più una meta precisa e per me in quel periodo Hachi non era che un pallido ricordo. Per gioco potevo arrivare a pensare "e se l'andassi a trovare davvero?". La verità è che non sapevo nemmeno se abitava ancora nello stesso appartamento di una volta.

Ero senza soldi, così frugai ogni angolo dell'armadio di mia madre. E di fianco alla scatola dei preservativi trovai i suoi risparmi segreti e la sua American Express. Pazza di gioia, stavo per portarle via tutto, quando proprio in quell'istante sentii bussare alla porta d'ingresso. Lo spavento mi fece sobbalzare.

"Permesso!" disse qualcuno.

Tornata in me, presi quello che dovevo prendere e chiusi il cassetto. Sarà qualcuno che è venuto a vedere la comunità o a chiedere informazioni, pensai. Così ebbi l'accortezza di afferrare qualche dépliant e mi diressi verso l'ingresso.

Camminai a piedi nudi lungo il corridoio gelato. Dal vetro della porta vidi la sagoma di un uomo – dimmi che non è vero! –, aprii e mi trovai davanti Hachi.

Si era fatto più uomo, sempre con le sue spalle sexy, era proprio il mio Hachi.

"Hachi, avevo davvero voglia di vederti!"

Dai miei occhi una dopo l'altra presero a scendere le lacrime e pensai:

Lacrime, vi prego, fermatevi! Così non riesco più a vedere Hachi!

Ero lì, in piedi come un'ebete con i dépliant stretti in mano e gli occhi spalancati bagnati di pianto, assolutamente incapace di controllare le mie reazioni.

"Sembri diventata un'orfanella," fece lui.

"Davvero?"

"Be', uno ti vede e si domanda cosa ti è successo. A ogni modo, passavo di qua e mi sono chiesto se eri in casa. Tutto perché ho capito che abitavi qui."

"E come ci sei riuscito?"

"Dall'insegna con il nome della vostra specie di comunità."

Grazie per la "specie di comunità", pensai.

"Hachi, portami via da qui! Vivi con qualche ragazza adesso?" gli chiesi.

"No."

"Allora, ti prego, portami con te! Farò tutto quello che vuoi."

"...D'accordo."

"Vado a prendere la borsa."

E corsi via lungo il corridoio.

Presi la borsa con le tre cose che ci avevo infilato, passai per la stanza dell'altare del Buddha e vi trovai la nonna, o meglio del vapore con le sue sembianze.

Nonna, ma nooo! Lo sai che sono andati tutti fino a Izu per incontrarti? Che hanno noleggiato un intero autobus e davanti hanno messo la scritta "Gruppo Villaggio dell'amore"? Non dovresti essere qui!

Svolsi questi pensieri e mi venne da ridere. Lei con

la mano rivolta verso il basso mi fece segno di allontanarmi. Il viso non si distingueva bene, la mano però sì.

A quel punto capii: aveva fatto in modo che nessuno fosse in casa perché io potessi scappare senza difficoltà.

Mi commossi profondamente tanto da cancellare ciò che di triste avevo provato fino a quel momento, tanto da avere le vertigini. Tutto mi sembrava bello.

Usciti di casa, poi, c'era luce ovunque e la strada mi apparve bianchissima.

Percepivo il mio corpo leggero come mai era stato in passato e avevo la sensazione che in tutto il mondo stessero cantando la stessa canzone, la *Canzone della gioia*.

Hachi! Nel periodo in cui Hachi era stato fuori dalla mia vita, avevo fatto molto sesso con uomini di cui non mi importava nulla, in pratica non avevo vissuto, avevo soltanto dormito. Provavo emozioni di varia natura, ma questa volta non mi diedi alcuna spiegazione. Nell'istante in cui avevo rivisto Hachi ero tornata in sintonia con me stessa, la Mao del periodo in cui frequentavo la Mamma era risorta.

Camminavamo con passo svelto per le strade ricche di vegetazione estiva e nient'altro. Accecati per la felicità di essere di nuovo insieme, camminammo a lungo fino a non avere più fiato.

"Ti va di mangiare qualcosa?"

"Sono talmente emozionata che proprio non ce la farei."

Prendemmo il treno diretti a casa sua, quando arrivammo era già l'ora del tramonto.

I raggi del sole coloravano d'oro l'interno dell'appartamento. Era come se fosse sbocciata una montagna di fiori di loto dorati.

Il letto matrimoniale non c'era più.

"E il letto?"

"Quello l'avevamo comprato insieme, ho pensato che in questa vita non l'avrei più usato e così l'ho buttato. Adesso dormo sul *futon*," disse Hachi sorridendo.

"Ah, bene..." sussurrai con una voce che voce non era. Quel letto mi faceva paura più di qualsiasi altra cosa. Solo quello. Me ne resi conto in quel momento. Il letto, impregnato degli umori delle due persone che più avevo amato, non mi permetteva di avvicinarmici.

"Hachi, abbracciami! Il tempo..."

"...è finito", no, "...è prezioso", nemmeno, "...è passato troppo in fretta, dobbiamo colmare il vuoto che ha lasciato", neanche. Non riuscivo a descrivere a parole quella fase.

Ormai il tramonto con i suoi raggi trasparenti stava cedendo il passo alla notte incombente. Qualche attimo ancora e il pomeriggio si sarebbe trasformato in una fiaba banale che un giorno qualcuno avrebbe musicato e cantato in qualche parte della terra.

Cominciai a togliermi gli abiti di dosso.

"Non avere fretta, Mao! Abbiamo ancora tanto tempo," disse Hachi.

No, no, scossi la testa e continuai a spogliarmi.

Lui si alzò senza dire una parola, aprì l'*oshiire*, prese un *futon* e lo depose vicino alla finestra.

Nuda, lo osservavo persa nei miei pensieri.

La schiena di Hachi che stendeva il *futon*.

Anche se non avevo un padre, quell'immagine mi sembrò molto paterna. Sì, in casa mia c'era un sacco di gente, di "uomini" però neanche uno.

"Ecco, prego," disse sorridendo.

Senza nemmeno tirare le tende.

Infilarsi nudi sotto le coperte è stranamente erotico.

È desiderio, desiderio puro, al cento per cento.

Fu un pomeriggio impetuoso come un sogno.

Osservavo Hachi mentre si spogliava. È l'unica cosa che so fare, pensai all'improvviso. Guardo e basta, non prendo parte all'azione.

Come un'anima errante. Come i peluche nell'angolo della stanza.

Ma sono viva e una parte di me continua a bagnarsi anche prima di essere toccata. Il cuore mi pompa il sangue nelle vene a una velocità incontrollabile.

Osservavo la nudità di Hachi come se l'avessi sempre fatto. I miei occhi, gli occhi di una bambola, si erano aperti all'improvviso e dopo aver messo in moto tutti gli altri organi del corpo, riflettevano desiderio. Come un imprinting, i miei occhi avevano la forma della smania delle prime volte.

Hachi, quasi volesse corrispondere alla mia brama, mi penetrò subito.

Cinque secondi dopo essersi infilato sotto le coperte.

La cosa non mi diede affatto fastidio. In questi casi i preliminari si mettono da parte.

Alla svelta, prima che tutto svanisse, volevo fissare quell'emozione dentro la vagina. Dovevamo fare in fretta e spingerci fino a dove era possibile arrivare.

Cosa strana, non mi sentivo affatto misera. Anche se stava per farsi notte, dopo avere fatto l'amore protetta dalla luce del tramonto.

Felice e contenta, non vedevo l'ora che facesse buio.

È tutto vero, pensai.

Riuscivo a vedere bello persino il tempo che scorreva. Anche il fatto che si raffreddasse il caffè che Hachi aveva preparato poco prima.

Ero viva e le mie cellule, in simbiosi con l'animo, si riproducevano a una a una perché io vivessi.

Questo era quello che provavo. Forse per la prima volta.

"Fammi stare qui per un po'! Sta' tranquillo, non ti sarò di peso, mi renderò utile in qualche modo e contribuirò alle spese. Fino al giorno in cui te ne andrai!" dissi e nello stesso istante mi meravigliai di me stessa per averlo detto.

"E tu come fai a saperlo? Perché dici queste cose?" Anche lui era stupito. In mutande, stava lavando i piatti. Lo scroscio dell'acqua che scendeva rimbombava contro l'acciaio del lavandino come una cascata.

"L'ho sempre saputo," risposi. Era per via di quella frase della nonna, "l'ultima amante". Sin dal primo momento in cui l'avevo incontrato, per me non c'erano dubbi che prima o poi se ne sarebbe andato.

"Usciamo a mangiare qualcosa. Continuiamo a parlarne al ristorante."

"Va bene."

Non ero particolarmente triste. Perché come un animale non sapevo cosa volesse dire avere delle speranze.

Avremmo vissuto insieme in tutta tranquillità facendo sempre le nostre passeggiate mano nella mano? Ci saremmo sposati dopo qualche tempo? Avremmo avuto figli?

Stupidaggini, cose che non facevano per noi. Impossibile. Per di più io ero perfettamente consapevole della situazione. Se la nonna diceva che una cosa sarebbe successa per l'ultima volta, così era e sempre sarebbe stato.

Lo sapevo per esperienza.

"Torni in India?"

"Sì," rispose lui, come se fosse stata una cosa da niente. "Ci sono persone che ho conosciuto da piccolo che adesso sono in giro per il mondo. L'estate del prossimo anno, però, torneranno in India e lì hanno intenzione di costruire in mezzo alle montagne un edificio dove ritirarsi per fare pratiche ascetiche. Ho deciso di andare ad aiutarli."

"Perché non sei andato con loro?"

"Perché per quanto mi riguarda, prima di raggiungerli, ci tenevo a incontrare persone sparse in tutta l'India. E poi perché avevo deciso che almeno per una parte della mia vita avrei voluto vivere nel paese dove sono nato e così due anni fa ci sono venuto."

"Non capisco, è una comunità religiosa o una società segreta?"

"Non posso spiegarti. Non perché tema che tu mi segua fino a là, il fatto è che ci sono troppe cose che non si possono spiegare a parole. E poi non mi va di parlare di decisioni che comunque ho già preso."

"E là cosa farai?"

"In montagna, a contatto con la natura, faremo i nostri esercizi ascetici, coltiveremo i campi e alleveremo le galline."

"Che sfigati! Scherzi, vero? Nooo, è troppo da sfigati!"

"Trovi? Guarda che pregheremo ogni giorno per quello che succede nel mondo!"

"Anche se nessuno vi vede?"

"È così che vanno queste cose. Hai idea di quanto siano utili alla terra le persone come noi, di quante ce ne siano e di quante forze impieghino per mantenere la pace nel mondo?"

"Assolutamente no. Figurati, è la prima volta che ne sento parlare. E allora non tornerai più a casa?"

"Sai, dovrò abbandonare ogni cosa prima di andarci. Per cui penso proprio di no, a meno che non mi licenzino."

"Licenzino?"

Per un istante sperai.

Mio desiderio, sciocco e grazioso al tempo stesso! Minuscolo flusso d'amore che sbocchi nel grande mare!

"Sto scherzando, non è possibile che mi mandino via. Ormai è tutto deciso."

Hachi sorrise. E di riflesso provai a farlo anch'io.

La storia era triste ma non sapeva di reale.

Pensai che fosse tutta una menzogna. Forse lui era solo uno straordinario vagabondo a cui piaceva ingannare le ragazze. Forse odiava avere legami. Le probabilità che fosse davvero così erano molte.

In ogni caso qualunque tentativo di persuasione non gli avrebbe certo fatto cambiare idea. Quante volte avevo assistito a scene simili. In questo mondo di menzogne camuffate da consigli sinceri.

Cercare di manovrare le persone secondo il proprio modo di pensare è ancora peggio che mentire. Anche se si pensa di farlo per il loro bene, che lo si faccia in modo lieve o greve non importa, il peccato resta sempre lo stesso. È una cosa terribile fare pressione sugli altri affinché a un tratto le loro idee cambino secondo il proprio disegno.

Il mondo che Hachi aveva deciso di raccontarmi era un mondo senza bugie, formato da noi due soltanto. Nell'universo di quella stanza avrebbero fatto la loro apparizione paramenti da bonzo indiano per lui e una corona d'oro per me, una notte senza fine e poi una splendida alba di ametista.

Decisi di vedere le cose in quel modo.

Tutto sommato c'era ancora un anno intero e di lasciarlo, poi, non se ne parlava neanche. Non ce l'avrei mai fatta.

E così cominciai a vivere con Hachi.

Secondo capitolo

Hachi si dimostrò molto interessato alla profezia della nonna secondo cui avrei dovuto dipingere. Nella misura in cui la nostra relazione si consolidava e lui si affezionava a me, sembrava preoccuparsi del mio futuro, anche se a modo suo. Tutto perché sapeva che prima o poi se ne sarebbe andato.

"Eppure mi piacerebbe anche diventare scrittrice. Non pensi che potrebbe essere divertente? Oltretutto, poi, è un mestiere per cui non serve alcuna attrezzatura," dissi a Hachi e lui:

"Prova un po' a buttare giù una frase!".

Va bene, dunque. Ci pensai un momento e scrissi:

Gli occhi di Hachi, gli occhi di un cane.

"Non ci siamo. Non hai nessunissima sensibilità letteraria," commentò lui risoluto, senza darmi nemmeno la possibilità di replicare.

Un uomo che avesse avuto il cattivo gusto di dirmi che avevo talento, sarei stata io la prima a non volerlo al mio fianco.

"Allora non mi resta che dipingere!"

Hachi prese un volantino, lo girò dalla parte bianca e mi disse: "Fammi vedere cosa sai fare!".

Presi un pennarello e cominciai a pensare al soggetto.

Decisi di rappresentare in forma astratta uno dei personaggi delle sue storie, il pappagallo che da bambino aveva in India, ritratto mentre pensava al suo padroncino.

Mi aveva detto che era ancora vivo e che adesso si trovava a casa di suo fratello. E anche che ogni tanto diceva il suo nome.

Una notte indiana. Il pappagallo variopinto che chiama Hachi nell'elegante corridoio di una grande villa che sprofonda nelle tenebre. Il risuonare triste e apatico di quel nome.

Cercavo di dar forma a tutte quelle immagini esotiche con delle linee, ma più mi sforzavo più mi allontanavo da quanto avevo nel subbuglio del mio cuore.

No, non ci siamo, devo riuscire a tracciare linee più leggere, più decise, più delicate, tristi... Ne tracciai alcune. E mi resi conto che la mia mano non si muoveva come avrei voluto. Ma andava bene lo stesso.

Era molto divertente, come quando, ad esempio, ci si immerge sott'acqua e si raccoglie qualcosa sul fondo.

L'immagine perfetta per antonomasia galleggia trasognante nel buio mare dell'animo. Se si cerca di osservarla, però, il sole si oscura e non si riesce più a vederla. Così ci si immerge per afferrarla con le proprie mani, certi di riconoscerla al tatto.

Se si è bravi a nuotare è un gioco da ragazzi. Più è chiara l'immagine dei propri movimenti, più si capisce come ci si deve comportare lungo tutto il percorso che porta al compimento dell'opera.

Brancolando nel buio, prima o poi si assapora la gioia fisica dell'istante in cui davanti ai propri occhi compare qualcosa dalla forma reale o geometrica.

Ogni volta avevo questa sensazione. Quando disegnavo, anche se non usavo i colori, vedevo sempre un mondo policromo. E la superficie mentale su cui mi muovevo era di gran lunga superiore a quella dei fogli che utilizzavo.

"Questo fervore sarà la chiave del tuo talento," disse Hachi dopo avermi osservata per un po'.

I pensieri presero a galopparmi nella testa.

La nonna aveva visto dentro di me quando ancora nessuno mi aveva messo in mano un pastello e dei fogli bianchi. Era come se dell'acqua avesse preso a scorrermi dal cervello alla mano, una volta raggiunta la "fase Hachi".

In quell'istante capii per la prima volta che volevo davvero continuare a dipingere, ormai non era più un semplice vago interesse.

Una giacca da indossare, un bastone con cui sorreggersi, delle pastoie ai piedi. Un'amica impicciona che ti segue dappertutto, la pittura.

La città era viva.

Proprio come una pianta che, anche se la trascuri, cresce rigogliosa grazie alla pioggia e alla luce del sole, o come un ring su cui la forza che protegge e la ferocia che aggredisce combattono fra di loro, o un battito cardiaco irregolare, da cardiopalmo.

Proprio non lo sapevo.

Che le mattine potessero essere diverse l'una dall'altra.

A casa mia c'era sempre un sacco di gente e ogni giorno mi lavavo i denti e le mani ai lavandini senza dover aspettare il mio turno per il bagno.

Da Hachi la mattina tostavo il pane, oppure prendevo soltanto un caffè. Una volta, poi, quando mi aveva insegnato a preparare il vero riso al curry indiano, l'avevo lasciato sul fuoco tutto il giorno e l'avevamo mangiato la sera come unico pasto della giornata. Libertà di questo genere. Come cucinare soltanto per due.

Erano cose che sperimentavo per la prima volta.

Illuminate dai raggi del sole, le mie mani risplendevano.

Era bello fermarsi a osservare anche le piccole cose. Se uscivo, poi, incontravo sempre la stessa gente per strada. E nessuno mi guardava con la faccia strana. I vicini avevano sempre cercato di evitare noi del Villaggio dell'amore. E io pensavo che fosse una cosa normale. Per cui anch'io facevo di tutto per non guardarli. Vivevo come la Donna Invisibile per non avere problemi.

Hachi salutò un giovane in moto con i lineamenti molto marcati e la cravatta al collo.

"Ciao, come stai?"

"Non ce la faccio più con questo caldo," disse lui sorridendo e se ne andò di corsa.

"Chi è?"

"È Gotō, della Banca Fuji. È bravo a fare la caricatura di Pekkuru."

"E chi sarebbe questo Pekkuru?"

"È il personaggio stampato sulle copertine dei libretti di risparmio."

Non riuscivo proprio a immaginare come fosse potuto diventare suo amico.

"Signora Fujisawa, che cosa sta piantando?"

Mentre camminavamo, rivolse la parola a una signora anziana che era fuori in giardino.

"Ibischi."

Non sapevo che anche in Giappone fiorissero quei fiori rosa vivace. Fu una grande emozione. Petali simili a carta di riso che si muovevano al vento.

"Signora, questa è la mia ultima donna!"

"Cos'è? La strofa di una canzone?"

La signora Fujisawa era simpatica e aveva un sorriso molto cortese.

C'era un'infinità di persone a cui Hachi rivolgeva la parola. Non lo sapevo. Pensavo che fossero tutti soltanto passanti. Il quartiere era un set cinematografico e io credevo che ogni cosa facesse parte della scenografia. E che gli ammassi umani schiacciati all'interno dei treni non fossero altro che ripugnanti cuscini di carne.

Da sola nemmeno io esistevo.

Ma per la prima volta capivo che erano tutte persone vive. Una scoperta per un verso spaventosa. Proprio non volevo che la cosa iniziasse a piacermi. Mi turbava.

Se si fossero accoltellati a vicenda, sarebbero morti tutti. Ma nessuno l'avrebbe mai fatto.

Facevano tutti come se niente fosse, fingendo di non provare sentimenti. Quando, però, i loro figli venivano maltrattati dai compagni di scuola, piangevano, si arrabbiavano e perdevano la calma. Ma nessuno di loro ci sarebbe stato cent'anni dopo. E quello era un destino di cui tutti erano consapevoli.

Mi sembrava troppo incredibile, troppo spaventoso. Oramai non riuscivo più a controllare i miei pensieri.

I primi tempi avevo accusato i sintomi di un leggero stato di shock e per un certo periodo avevo avuto paura di uscire.

Quando mi ripresi, il mondo era cambiato radicalmente. Ogni giorno provavo la gioia di far nuotare mani e piedi in quel mare, senza mai sapere dove e quando si sarebbe approdati.

Potevamo fare l'amore tante, tantissime volte, di mattina o di sera. E stare insieme tutta la giornata. Stranamente, però, non ci fossilizzammo sul sesso.

Credevo che l'avremmo fatto e rifatto fino alla noia, che ci saremmo amati fino a logorarci. O quanto meno che ci sarebbe stata un'escalation. Perché così era stato in passato. Ma non successe. Ciò che ci distraeva era la sensazione perenne di trovarsi su un'isola tropicale. Potevamo concederci il lusso sia di fare del sesso sia di guardare il cielo stellato, sia di mangiare della frutta sia di immergerci nelle acque del mare.

A ripensarci ora capisco che era proprio Hachi a creare quella libertà, quello spazio naturale per cui non sembrava di essere in un appartamento di città.

Mia madre conosceva bene il mio carattere, così, piuttosto che non sapere più nulla di me, preferì non chiudere il conto in banca della sua carta di credito. Gliene ero grata. Di contanti ne avevo ancora abbastanza, tra quelli che le avevo rubato e quelli che io stessa avevo messo da parte.

"Chissà se un giorno tornerò in quella casa!"

Di notte, provai a dirlo rivolta al buio oltre la finestra.

Ma restai con il mio dubbio. Una risposta, non la ottenni.

Osservati dal mondo di Hachi, anche gli astri e le stelle erano diversi. Non riuscivo più assolutamente a pensare che la luna di quella sera potesse essere la stessa del giorno seguente.

Era un universo che portava avanti una relazione segreta con i movimenti del mio animo.

Io e Hachi andavamo d'accordo e parlavamo di tutto quello che ci passava per la testa. Avvolti dalla luce della luna, eccitati anche senza aver bevuto una goccia di alcol. Infervorati al punto da sperare che il sole non sorgesse. Alla fine ci veniva sonno e la notte terminava.

Hachi dormiva molto poco. Riusciva a star bene anche riposando poche ore. Al confronto, io sembravo la Bella Addormentata.

Prima di coricarci, mi insegnava sempre alcune posizioni yoga. Una volta disse che l'ideale era fare esercizio all'alba. Così gli chiesi:

"Non pensi che 'all'alba' voglia dire 'dopo essersi svegliati di buon'ora' e non 'il mattino dopo una notte in bianco'?" e lui mi rispose:

"Va bene lo stesso, l'importante è percepire i flussi del mattino".

Uscimmo nel giardinetto dell'appartamento e ci esercitammo in varie posizioni, in una dimensione tra sogno e realtà.

Successe dopo lo yoga, mentre parlavamo delle persone che si odiano, seduti sull'erba a osservare il cielo che si schiariva.

Dissi:

"Quando si odia qualcuno, bisognerebbe stargli talmente alla larga da arrivare ad amarlo".

"Cosa vuoi dire?" replicò Hachi.

"A questo mondo ci sono persone con cui non si riesce ad andare d'accordo qualunque cosa si faccia, neanche con i salti mortali, no?"

"Sì."

"Eppure anche loro muoiono. Esattamente come noi, si arrabbiano, piangono, si innamorano e muoiono. Se la pensi così, ti viene da perdonarli, non riesci più a odiarli. Finisce che li osservi da lontano. È come se li guardassi dall'alto del cielo. Se la luce e le nuvole sono belle, anche loro ti sembrano belli. Se la brezza è piacevole, li perdoni. Quasi quasi riesci a pensare che ti piacciono."

Ero nel mio stato d'animo migliore. Poiché l'argomento era uno di quelli su cui ero più ferrata. Tutto perché ero stata cresciuta da una madre con cui non mi trovavo d'accordo su niente, qualunque fosse l'argomento del confronto.

"Ad esempio, se chiedi a uno che odia gli insetti di guardare una scolopendra da un metro di distanza invece che da una spanna, magari ce la può anche fare, no? A due metri, poi, non dovrebbero più esserci problemi. Questo però non vuol dire che si dimentichi di averla davanti. Ma che meno riesce a vederla, meglio sta."

"Be', certo."

"Non resta che allontanarsi. I problemi sorgono quando i nemici ce li hai nel cuore. L'ideale sarebbe riuscire a non farli entrare proprio e mantenersi alla dovuta distanza. Credimi!"

"Hai ragione."

Hachi convenne con me con un tono leggermente triste, ma risoluto al tempo stesso.

Il cielo era limpidissimo. Venere risplendeva come una lampadina mignon, come al planetarium. Ma anche come una goccia di diamante. Forse per colpa dello yoga, non avevo affatto sonno. Sentivo la terra annunciare l'arrivo del mattino. E percepivo l'energia sgorgare. Tutto intorno si coglieva la confusione che precede l'inizio di ogni nuova fase; l'aria, però, era pulita.

Non sapevo che l'alba fosse così piena di energia.

In silenzio osservavo il cielo schiarirsi.

Nessun artista sarebbe mai riuscito a fissare su carta il vigore di quel blu che trascolorava. Su una pellicola si sarebbero forse potuti imprimere gli alberi che stormivano sullo sfondo azzurro, ma di certo non quel fresco venticello.

Se comunque qualcuno avesse provato a farlo, quanto sarebbe stato terribile? Quanta dedizione sarebbe occorsa?

Il sole ormai aveva preso il suo posto nel cielo, noi restammo così fino a che non si svegliarono gli altri inquilini della casa. Avvolti dagli effluvi del sonno, con i corpi carichi di quell'energia silenziosa, ci amammo con più violenza del solito. Non che Hachi fosse un violento, era però impetuoso di natura. Sembrava non essere mai nel luogo in cui si trovava realmente, ma lontano, all'inseguimento di qualcosa. Mi dava pena l'idea che, dopo aver conosciuto un sesso così bello, si sarebbe ritirato in un mondo dove non avrebbe più potuto farlo.

Forse per quello ce la stava mettendo tutta.

Pensai che fosse proprio come in un film.

Ogni giorno facevo un dipinto e vi inserivo delle scritte. Le aggiungevo in modo che completassero l'opera. In pratica erano forme stilizzate di battute di film che avevo visto durante la giornata, o di scritte che avevo notato per caso su delle riviste.

Mi piaceva farlo, trovavo che quei dipinti fossero molto più freschi di quanto non potesse essere un diario.

Quando ero triste, nei giorni di pioggia, utilizzavo colori estremi, quando avevo il ciclo, invece, passavo all'inchiostro, anche se il tempo era bello. E così facendo, tra un esperimento e l'altro, un giorno la mia vena artistica venne fuori all'improvviso. Successe più o meno così.

C'era una folta foresta in cui convivevano le espressioni artistiche più elaborate e quelle più dozzinali. Al suo interno si trovavano anche cose di cui tutti conoscevano l'esistenza, ma che nessuno riusciva facilmente a portare fuori, incastrate com'erano tra le spine.

Ciò che io, come un'archeologa, riportavo alla luce era la Pittura. Nella foresta, però, era pieno di falsi. Piacevoli, che ti facevano stare subito bene. Di quelli bisognava che se ne occupassero gli altri, io dovevo lucidare le pietre che avevo trovato per conto mio. Fintanto che non fosse suonata la melodia che stavo componendo da sola.

Ero completamente rapita dal quel processo.

Un'operazione simile alla "terapia del giardino in miniatura" che più di una volta aveva messo a nudo le mie ferite.

Per riuscire un domani ad allontanarmi dal mio amato Hachi senza soffrire troppo, mi costringevo a soffocare tutto dentro. Mi trastullavo con colori soffocanti, precipitando negli abissi più profondi. Così facendo, oltre a imparare a esprimermi in modo autonomo, mi sentivo confortata e cominciavo a entrare nei miei dipinti, nonostante la più assoluta mancanza di autocoscienza.

Una crescita naturale come il respiro, senza troppi pensieri per la testa.

Le mie cose assomigliavano ai disegni dei bambini handicappati.

Creavo molte combinazioni particolari, tonalità che mi piacevano da impazzire. Nella mia testa i colori giocavano a sposarsi tra di loro senza che io dovessi pensare a niente di particolare. "Per questa forma, questa tinta." "Con questo splendido tramonto, non posso che usare l'arancio." "Adesso ho voglia di un gelato, per cui uso il bianco."

Perché ci si potesse affidare completamente al proprio corpo, era necessario prima concentrarsi bene, trattenere il respiro e poi lasciarsi andare un poco alla volta.

Meno coscienti si era, migliore era il risultato.

In questo modo riuscii a fare amicizia con la pittura e con me stessa. Una cosa fondamentale.

Qualcosa di simile, ad esempio, alla convinzione che quando ci si è costruiti una casa e non c'è più bisogno di pagare l'affitto, sia sufficiente avere i soldi per mangiare. E che anche solo con quelli si possa vivere tranquilli.

Di sicuro ci saranno anche state persone che, al contrario, consideravano pericoloso avere da pagare oltre alle spese per l'elettricità e il gas, anche le tasse sugli immobili. Nel mio caso, il problema era più impellente, una questione che veniva dall'istinto.

Capivo che ce l'avrei potuta fare soltanto se fossi riuscita a dipingere alla mia maniera. Non sapevo però cosa mi avrebbe aspettato se invece non fossi stata in grado di farlo.

Ahh, e se per mia madre la cosa avesse significato

che dovevo tornare a lavorare al Villaggio dell'amore, cosa avrei potuto fare?

Con quella distanza interposta fra di noi, all'improvviso mi sembrò di riuscire a perdonarla. Eppure no, sarebbe stato impossibile dipingere vivendo in comunità. Non sapevo quello che passava per la testa agli altri, l'unica soluzione era infischiarsene e lasciarli fare. Questo era ciò che sentivo. Mettercela tutta perché smettessero di fare una determinata cosa era un atteggiamento che non avrei più dovuto avere.

Così tutto risultava più semplice. Se soltanto avessi abbandonato la speranza che da casa mia se ne andassero gli estranei e restassero solo i miei familiari, tutto sarebbe stato più facile. Non sapevo però se avrei mai trovato la forza per riuscirci.

Ce la potevo fare. A patto che non mi fossi lasciata scappare l'occasione.

A patto che avessi avuto degli amici.

Proprio perché conducevo una vita del genere, non è che avessi molto appetito.

Ero dimagrita in modo strano. È vero, c'erano stati giorni in cui avevo mandato giù solo degli *yakisoba*, del pane, o qualche pomodoro senza condimento, altri invece in cui avevo mangiato a sazietà. Avevo perso peso, anche se non avevo fatto altro che seguire la voce del mio corpo.

"Questa casa è un monastero metropolitano!" dissi ridendo.

"Cosa dici? Ma se poco fa ci siamo sbafati un intero menu di carne ai ferri."

Hachi mi abbracciò la testa con la sua maglietta che puzzava di *kalbi*. Il suo corpo era sempre bollente. In particolar modo il petto e il viso. Non sapevo se dipendesse dagli anni e anni di yoga o se fosse così dalla nascita. Forse non avrei mai dimenticato quello strano calore.

"Comunque non riesco a mettere su peso."

"Vedo. E non hai molto appetito," disse.

La nostra era una sorta di pratica ascetica. Insieme, in modo naturale, come respirare, di sicuro. Nei nostri corpi facevamo delle alchimie per individuare quelle cose a cui tutti gli esseri umani ambiscono perché sono introvabili su questa terra, cose che per quanto le si usasse non si esaurivano mai. Stavamo cercando di far durare in eterno la nostra giovinezza.

Noi due.

Terzo capitolo

Spesso sento donne dire che agli uomini in fondo piacciono quelle che assomigliano a Marilyn Monroe, solo per non ammettere le proprie sconfitte in amore. Se non sbaglio, l'ha detto pure la Sagan.

D'altra parte, credo che anche le donne alla fine si innamorino di chi sperano possa stare sempre al loro fianco. A fare shopping, al caffè, alle feste, dappertutto. Di quegli uomini che gli stessi rappresentanti del sesso maschile credono inesistenti.

Oddio, forse la Sagan aveva detto anche quest'ultima cosa. Nessuna sorpresa, lei è una che sa il fatto suo su molti argomenti.

In pratica sia gli uomini sia le donne trovano un sacco di scuse. Io non ero come la Monroe e Hachi non mi avrebbe mai seguita ovunque fossi andata, sempre che non avesse avuto voglia di farlo. Un uomo che mi fosse stato vicino ventiquattr'ore su ventiquattro mi avrebbe dato fastidio.

Spesso mi chiedevo che cosa stessimo facendo noi due. Lui era il mio ragazzo, il mio unico amico e anche il mio maestro. La nostra relazione coincideva con il momento in cui la fiamma dell'amore aveva cominciato ad ardere dentro di noi più alta che mai, quel periodo in cui non si desidera altro che stare insieme alla persona amata.

Perché eravamo così legati? Tutto sommato lui per me era un estraneo e non eravamo nemmeno cresciuti insieme.

Dato che la fine era già stabilita, conducevamo una "dolce vita" rinviando tutto quanto a dopo la separazione. Hachi non andava quasi più a fare il part time alla galleria d'arte che aveva rifornito in passato. Giorno dopo giorno aumentava l'intensità dello spazio che occupavamo ed eravamo indipendenti in tutto e per tutto. Fondamentalmente gli amici non ci servivano più.

Ci intendevamo anche nel silenzio. Prima di dormire, uno metteva l'acqua a bollire e l'altro il tè nella teiera. Ormai ci veniva voglia insieme, sia di uscire, sia di starcene tranquilli a casa.

Se il futuro mi avesse fatto un'improvvisata, forse mi sarei sentita mancare il fiato dallo spavento. Quella vita incentrata sull'amore si sarebbe trasformata in un esilio forzato. Il fatto che il tempo fosse contato, invece, anziché portare tristezza, ci conduceva verso qualcosa di perfetto.

A dire la verità, nonostante il futuro non promettesse niente di buono, illusa com'ero del presente, mi costruivo giorno dopo giorno la prigione in cui sarei stata rinchiusa un domani.

Forse avrei continuato a farlo anche se mi avessero detto che potevo vivere con lui per sempre. Al contrario, se l'anno prima mi avessero predetto che di lì a qualche mese avrei lasciato la comunità, mi sarei messa a ridere a crepapelle.

Sapevo bene che in ogni cosa c'erano dei limiti, dei meccanismi che toglievano libertà. Tutto stava nell'afferrare le opportunità future e nel vedere quanto la mia forza vitale ne sarebbe uscita rafforzata.

Comunque fosse stato, non c'era niente al momento in grado di distruggere l'illusione di eternità che si diffondeva nel nostro piccolo universo. Per noi due non esistevano né il giorno, né la notte, tanto meno gli obblighi o le visioni del futuro da proteggere a ogni costo.

Provai a pensare cosa sarebbe successo se tutti fossero diventati come noi.

Conoscendo se stessi avrebbero forse capito meglio il proprio partner e sarebbero riusciti a conservare un animo gentile.

Hachi mi aveva insegnato moltissime cose, dimostrando grande generosità. Cognizioni apprese negli anni, nozioni sui posti che aveva visitato e i personaggi incontrati. Un mondo sconosciuto che prendeva a delinearsi nel dettaglio. Non c'era da stupirsi che avesse deciso di ritirarsi sulle montagne, l'insegnamento era per lui un tipo di pratica per cui si sentiva portato.

Mi aveva svelato anche un metodo appreso in India per separare il dolore, fisico o psichico che fosse, da se stessi.

Io avevo una pessima memoria e non ero certo un'allieva modello, comunque con l'esercizio alla fine ero riuscita a tenere la mano sopra una candela accesa senza sentirne il calore.

Erano tecniche inaspettatamente semplici, divertenti come giochi di prestigio. Ci si concentra e, se ci si persuade di farcela, il successo è assicurato.

"Se non ci riesci la prima volta, ti convinci di non essere in grado. Toglierselo dalla testa, poi, è difficilissimo. Per cui la concentrazione iniziale è fondamentale. Certo, è anche una questione di tecnica, il problema è che più ne parli e più quella si logora. Per cui gli illuminati preferiscono tenersi tutto per sé, non perché siano cose che non si possono dire, ma perché sanno benissimo che facendolo ne riducono l'effetto. Non tacciono soltanto perché sono integri nell'animo, ma anche perché il non parlarne è di per sé un trucco del mestiere. Con i sensi, però, capiscono quando c'è qualcuno che sta arrivando sulla loro strada. E proprio perché il cammino è identico a quello che loro stessi hanno percorso in passato, provano affetto, perdono il concetto di individuo e non fanno più differenza tra se stessi e gli altri," disse Hachi.

Osservavo le sue sopracciglia e i suoi occhi brillanti sperando che smettesse di dirmi tutte quelle belle cose.

Un altro giorno ci stavamo riposando dopo avere mangiato degli *udon* fatti in casa. Gli dissi una cosa che mi era venuta in mente. Faceva caldo, eppure nell'aria della notte soffiava qualcosa di fresco.

"Credevo che meditare fosse come dormire, invece si resta svegli, no?"

"È come se si guardasse sforzandosi di non battere le palpebre," disse e proseguì:

"Tu riesci ad afferrare le cose perché, oltre ad avere le basi, hai l'animo candido e sei sincera. Sai, per quelli che invece cercano sempre di trovare il pelo nell'uovo, per loro più che per altri, è impossibile".

"Sono cose che hai imparato dai tuoi genitori adottivi?"

"Sì, per mio padre e mia madre in questo consisteva la vita."

"Perché non resti in Giappone? Devi proprio andartene? Non ti piacerebbe insegnarle a tanta gente, proprio come hai fatto con me?"

"Mi rendo conto che non è facile capire... è come se fosse la vita di un'altra persona e io non fossi più me stesso. In origine ero venuto in Giappone con l'intento di concedermi una parentesi di svago, un periodo della vita in cui infischiarmene del tempo. Adesso però le cose sono cambiate. Mi sono fatto degli amici, la mia ragazza è morta e ho vissuto con te. Sento di avere conosciuto cose nuove. Sensazioni mai provate in passato. Sono stati tutti momenti assolutamente indispensabili. Ho capito che il tempo inutile, quello di cui fregarsene, non esiste. Per cui dopo averti incontrata, il numero delle cose che dovevo fare qui in Giappone ha raggiunto il vertice massimo e ho cominciato a rendermi sempre più conto di non avere tempo. Come un uccello migratore che segue il proprio istinto. Ormai so cosa mi riserva il destino. E così ho trovato la forza di seguire la mia strada."

Ero abituata a questo tipo di discorsi a causa della nonna. E per fortuna lo ero. Se quelle elucubrazioni fossero appartenute a un campo che non conoscevo affatto, avremmo bruciato il nostro tempo prezioso soltanto con le spiegazioni che gli avrei chiesto.

Capivo che i nostri cammini si sarebbero separati e che lui stava mettendo in gioco la sua vita per quella decisione, nello stesso modo in cui io rimettevo il mio futuro alla pittura.

Quando un essere umano prende davvero una decisione, gli altri non possono più farci niente.

"Per te quella sarà una vita più naturale che non un'altra," dissi.

"Sì, forse per chi è nato e cresciuto qui è difficile capirlo, ma... il Giappone e le cose che qui si danno per scontate non sono altro che inezie."

"E così abbandoni questo paese!"

"Ti ricordo che io per primo sono stato abbandonato in India dal Giappone."

"Prova a dire qualcosa in hindi," gli chiesi e lui mi rispose in quell'idioma incomprensibile.

Hachi cominciava a sembrarmi un indiano.

"Sai avvolgere il turbante?"

"Certo!"

"Fammelo, ti prego!"

Hachi tirò fuori una stoffa apposita dall'*oshiire* e come un mago me la avvolse stretta al capo.

"Che bravo sei!" dissi stupita dopo essermi guardata nello specchio. "Sei proprio bravo."

"Davvero non credevi che ne fossi capace?" chiese lui sbalordito.

Le tende della stanza si muovevano. Quella era una notte giapponese, un buio che entrava con i suoi lembi estremi anche nell'appartamento.

Nemmeno se avessi fatto i salti mortali sarei riuscita a cancellare la mia vita fino a quel giorno, una certezza inconfutabile come il fatto che il Giappone non era la sua patria.

La sua era una terra più calda, secca ed estesa.

Una terra dalle belle vedute, dalla natura rigida.

Hachi lasciava sempre un'impressione più forte delle altre persone, pur essendo un tipo tranquillo. Qualcosa che andava al di là del suo modo coraggioso e innocente di esprimere i sentimenti.

Una vista lontana, una lunga, lunghissima giornata di un paese non ben determinato.

Un paese con elefanti, il mercato e persone che vivono agli estremi. Un paese in cui il tramonto illuminava tutti nello stesso modo, i poveri e i ricchi, la gente che andava di corsa e quella che non muoveva un dito.

"Senti, ma lassù in montagna, sarete solo uomini?"

"Sì."

"Non sarà dura? Pensi di potercela fare senza cappuccino, videoregistratore, musica, locali e sesso?"

"Non lo so, forse sarà dura da morire e mi dispererò piangendo. A dire la verità, però, sento che riuscirò facilmente ad abituarmi alla mancanza di quelle cose che, se non ci sono, non ci sono e basta. Lo farò pian piano e alla fine le vedrò tutte molto lontane. Adesso non riesco neanche a immaginarlo, ma in mezzo alla natura selvaggia credo che la coscienza cambi. Tutto sommato quando sono arrivato qui la prima volta ero terrorizzato e pensavo che non ce l'avrei mai fatta a stare in questo paese. Adesso, invece, me la sto spassando."

"Ti ricorderai di me? Mi scriverai mai?"

"Certo, prima o poi. Spero solo che ci sia un ufficio postale da qualche parte."

"Grazie. Senza tue notizie credo che non ce la farei a stare qui, sarebbe troppo penoso."

"Tu sarai la mia ultima ragazza. Per cui sarai anche il mio unico punto di riferimento se dovessi sentire nostalgia o volessi mantenere dei contatti con questo mondo," disse Hachi.

Tuttavia non ero sua moglie, tanto meno la donna della sua vita. L'appropriatezza di espressione di mia nonna era stata eccezionale.

Sarei stata la sua ultima amante, nella maniera più concreta, più realista. L'ultima nell'arco della vita che aveva vissuto sino ad allora.

Non c'erano altri modi per esprimere questa cosa a parole.

A distanza di tempo, cominciavo a capire la perfezione della nonna. Era una persona di poche parole e spesso si comportava come se non capisse quanto soffrivo. Credevo fosse un'insensibile e dentro di me la criticavo perché non cercava di risolvere la situazione in cui ci trovavamo. Mi resi conto invece che si era sempre sforzata di agire con precisione, evitando i pressapochismi.

Non c'era da stupirsi quindi se intorno a lei si erano raccolti tutti quei fedeli.

In fondo ne sentivo la mancanza.

Nell'animo si era acceso il lumino della mia famiglia lontana.

"Ti tolgo il turbante?"

"No, voglio tenerlo ancora."

"Non verrai fuori a mangiare con su quello, eh?"

"Perché, non sto bene?"

E uscii con il turbante in testa.

Ormai frinivano gli insetti dell'autunno. Sembrava di essere in una città di mare, il vento soffiava forte portando con sé un leggero odore di salsedine.

Hachi, guarda che non è male neanche la natura in miniatura del Giappone!

Anche le persone che non hanno un giardino coltivano la loro piccola natura nelle fioriere. Con le case attaccate l'una all'altra, scaldandosi a vicenda. Su queste isole con le stagioni ben definite, in questo angolo d'Asia, i giapponesi sono arrivati a trasformare addirittura in arte la loro semplice vita.

I lievi movimenti dell'animo, come la commozione per il verso di un insetto. Orecchie capaci di sentire la musica negli oggetti. Una sensibilità in grado di avvertire, anche in un punto minuscolo, l'ordine della bellezza, i segreti dell'universo e persino la volontà divina. L'aria fresca conteneva un delicato soffio vitale, effimero come il vapore che fuoriesce dalla terra sotto il sole.

Mi piaceva il mio paese e sempre mi sarebbe piaciuto, per cui speravo che anche Hachi arrivasse ad amarlo, così da crearsi dei ricordi da conservare gelosamente.

Il cuoco del ristorante di *rāmen* mi fece i complimenti per il turbante.

Lo tolsi solo a casa prima di lavarmi i capelli.

Rimasi colpita dalla perfezione e dalla bellezza con cui mi aveva avvolto il capo.

Conservava l'odore di Hachi, del mio shampoo e del fritto dei ravioli cinesi.

Vi era intrisa tutta la giornata.

Annusai quella stoffa molte volte. Moltissime volte, anche se il profumo svaniva a ogni sniffata.

Verso l'inizio dell'autunno, quando la nostra vita stava per assumere la sua forma compiuta, Hachi ebbe un crollo.

L'ombra della separazione era scesa più fitta che mai. Qualche volta capita che sia la passione stessa a richiamarla. Nel nostro caso, più che in altri, non era possibile far niente per evitare che succedesse.

Mi ripugnava la debolezza che stava cominciando a mostrare dopo tutta la sicurezza con cui mi aveva annunciato le sue decisioni. Proprio non ne tolleravo la vista. Non sembrava più la stessa persona affascinante che mi aveva insegnato di tutto, dal modo per non provare dolore a quello per ridurre la frequenza della respirazione.

Sempre triste in viso, la barba lunga non curata e le spalle robuste incurvate, al mattino non voleva mai uscire dal *futon*. Spesso diceva:

"Ahh, non voglio alzarmi. Che bello se non dovesse più esserci un domani".

Cercavo di rincuorarlo dicendogli che noi due non potevamo farci niente. Ero ancora una bambina, per cui non sapevo cosa significasse davvero separarsi. Forse ero il tipo di persona che non l'avrebbe mai saputo. Sarei inciampata sempre nello stesso punto per poi scoppiare in lacrime, ne ero certa.

Sei stato tu che hai deciso, no? Per cui alzati alla svelta che andiamo a fare il pieno di ricordi!

Se lo stuzzicavo dicendogli cose di questo genere e il tono era allegro, lui replicava così:

"Ahh, tu non capisci. Non ti rendi affatto conto. In questo momento non ho più alcuna voglia di andare a vivere sulle montagne. Ormai non so più cosa fare della mia vita".

"E allora non andarci! Mi sembri stupido," gli risposi una volta senza aver capito bene quello che volesse dire. Lui tacque per un po' e poi aggiunse:

"No, ci vado. Non mi resta che andare".

Rassegnato, lo diceva a se stesso.

Episodi come questo, si ripeterono numerosi.

Ci fu anche una mattina in cui mi disse:

"Hai presente quei tassisti, quelli a cui i clienti vomitano sempre in macchina?".

"No, perché? Esistono?" risposi io ridendo.

"Ti giuro, esistono eccome. Me ne parlava tempo fa proprio uno di loro. E non so perché, è un periodo che continua a tornarmi in mente la sua storia incredibile."

"Ma davvero ci sono tassisti del genere?"

"Quando gli vomitano in macchina, poi per quel giorno non possono più lavorare perché l'odore impregna l'abitacolo."

"Cosa!?!"

"Mi diceva il tassista che ad alcuni di loro, sfortunatissimi, succede sempre. E anche che lui riesce a capire quali sono i clienti che vomiteranno."

"Gli ubriachi, no? Ma perché li fa salire in macchina, allora? Non è che magari continua a pensare allo schifo che ha provato quando gli è successo e ne ha semplicemente ingigantito il ricordo?"

"Certo, sarà anche così. Ma mi ha detto che è addirittura famoso tra i suoi colleghi. Gli è successo così tante volte che hanno cominciato a sospettare che fosse lui stesso a farlo. Gli hanno anche detto di andare a farsi vedere all'ospedale. La verità, invece, è che persino tra i peggiori ubriachi che prendono il taxi, ce ne sono tanti che non vomitano. A lui, però, succede regolarmente, tutte le volte che dentro di sé prega che non succeda. Ha cercato di evitare il giro dei quartieri dei locali, ma gli è andata male lo stesso. Una volta a Okusawa, nel quartiere di Setagaya, passava per una via buia di una zona residenziale. Ha caricato uno e questo si è sentito male e gli ha vomitato su tutto il sedile anche se non aveva bevuto una goccia di vino."

"Incredibile!"

"Ci pensavo in questi giorni, sai. Lui è proprio il tipo che ti dà l'impressione di essere molto depresso, uno che effettivamente ti fa venire voglia di vomitargli nel taxi. Con lui davanti, più ti sforzi di non farlo, più stai male e ti vengono i conati. Figurati che anch'io, mentre mi raccontava tutte quelle storie con la sua faccia triste, ho cominciato a sentirmi poco bene. Ma a parte questo, credo che sia tutto un segno del destino, un messaggio perché smetta di guidare il taxi. Forse è sempre giù di morale proprio perché non è portato per il lavoro che fa, e dentro di sé spera che qualcuno gli vomiti in macchina, così che per quel giorno ha finito di lavorare. Oppure è una cosa che lo ossessiona a un punto tale che inconsciamente la provoca lui stesso. Insomma, è un destino in cui si intrecciano milioni di fattori."

"E perché mi racconti questa storia?" gli chiesi.

"Perché anch'io nella mia vita sento che non riuscirò a evitare di ritirarmi sulle montagne e seguire la strada dell'ascetismo. Almeno fino a quando continuerò a essere la persona che sono. Ormai è deciso, troppi sono gli elementi che si sono legati tra di loro. Proprio come quel tassista che non riesce a tagliare il suo legame con il vomito. In questi casi, gli unici in grado di sbrogliare la matassa sono quelli come tua nonna."

"Ho capito molto bene quello che vuoi dire, mi chiedo però se è davvero una cosa così tremenda. Proprio non ti è possibile paragonare la tua vita a qualcosa che non sia un tassista a cui vomitano in macchina?"

“Mah, in questo momento è l’unica cosa che mi viene in mente... se intanto, però, mi fai il caffè... Sai, a parlare di vomito, mi è venuta voglia di alzarmi. Un effetto imprevisto, no?” disse Hachi ridendo.

Pensavo che il fatalismo esistesse soprattutto quando era il diretto interessato a crederlo. Per cui se per caso Hachi non si fosse più ritirato in montagna, la forza con cui aveva abbracciato la sua strada si sarebbe scontrata con un’altra di uguale intensità e la sua vita ne sarebbe uscita distrutta.

Purtroppo con il mio amore non potevo cambiare le cose. Perché era la sua vita stessa a essere stata inglobata da quel destino. C’erano anche vite così. Io, nello stesso modo, me ne sarei dovuta andare a tutti i costi da quel posto.

Preparai il caffè e proprio mentre il suo aroma cominciava a diffondersi nell’aria, Hachi si mise a piangere. Un pianto “dinamico”, mentre indifeso e nudo si trovava esposto al sole del mattino.

Pensai che fossero lacrime inutili, ma mi commossi lo stesso. Anch’io avevo voglia di lasciarmi andare. E tutto perché era una vista molto bella. Hachi stava dando libero sfogo alle sue emozioni in modo da non pentirsene in futuro. Si trattava di una tecnica efficace per esaurire la tristezza del presente.

Io invece volevo dipingere. Era un’esigenza che, ad esempio, con la fotografia o la calligrafia non sarei riuscita a soddisfare. La pittura era per me l’unico mezzo per raggiungere quello stesso stato d’animo. Per lungo tempo avevo vissuto ignorando i miei sentimenti e non mi era mai capitato di vedere qualcuno messo in difficoltà per me, tanto che, come una scema, non me ne accorgevo.

In quel modo Hachi me lo stava dicendo e ridicendo.

Ti amo, ti adoro, ti voglio bene, voglio stare con te, ma non posso. Ti voglio bene, ti amo, voglio stare con te per sempre...

Lo ripeteva con tutto il suo corpo come un bambino che fa i capricci.

Erano i momenti in cui mi aveva amata di più. Quelli in cui aveva espresso in maniera più forte i suoi sentimenti per me. E proprio allora io lo ignoravo facendo finta di niente. Il suo era l'amore più elevato, sì, quello per cui si piange.

Era dall'inizio delle vacanze estive che non andavo più a scuola. Telefonai a una compagna di classe e seppi che i professori stavano cercando di non farne un caso, immaginando che con la famiglia che mi ritrovavo avessi avuto i miei buoni motivi.

Chiamai anche mia madre.

"Stai bene?" mi chiese. Sembrava tranquilla.

"Sì. E tu, sei sempre impegnata?"

"Sai, ci sono un sacco di cose da fare qui. Sappi che puoi tornare quando vuoi. Siamo tutti molto tristi. In questa casa si può andare e venire liberamente, ricordatelo!"

"Potresti ritirarmi da scuola per quest'anno?"

"Assolutamente no."

"Tanto non ci vado. Ho delle cose più importanti da fare adesso."

"Ho detto di no."
"Be', tu pensaci!"
"Non se ne parla nemmeno."
"Ti telefonerò ancora," dissi e riattaccai.
Camminavo osservando il cielo limpido dell'autunno.
Me l'aspettavo che non capisse e forse non volevo nemmeno che lo facesse.
Non avrei certo potuto costringerla a farlo con la forza, tutto sommato lei non aveva il tempo di occuparsi di me. Era gentile solo perché vivere in armonia rientrava negli insegnamenti da seguire. Per lei e gli altri, i bambini erano tutti figli della comunità.
Grazie a ciò, però, da piccola ero stata allevata da una serie di balie affettuose. Il cibo, poi, si preparava e si mangiava tutti insieme. Di amore, anche se generato da qualcosa di falso, ne avevo ricevuto tanto.

Oltre a Hachi, mi ero fatta molti amici. Per cui anche se non andavo più a scuola, non mi sentivo affatto triste. Era una cosa strana, perché, dopo la Mamma e Hachi, pensavo che non sarei più riuscita a trovare qualcuno con cui confidarmi.
E invece ero diventata amica, tra gli altri, di Alessandro Giovanni Gerevini.
Un italiano grande e grosso, sopra i trenta e con la barba. Miliardario. Si diceva che quando tornava a Roma alloggiasse in una sorta di reggia.
Negli anni settanta era vissuto in India e lì aveva conosciuto Hachi.
Negli ultimi quattro anni, invece, aveva abitato in Giappone. Mi piaceva il suo lungo nome e così, ricor-

dando la storia di Jugemu,* lo pronunciavo sempre per intero. A lui faceva molto piacere.

Era quasi ogni giorno nello stesso bar di Shibuya. Un locale piccolo e buio dove si poteva stare a lungo. Beveva sempre vino rosso. Per parlargli era più semplice andare direttamente lì che non chiamarlo a casa. Quello era il posto in cui incontrava amici e conoscenti.

Era un albero di saggezza. Con radici che andavano sempre più in profondità. Qualsiasi tipo di persona riusciva in qualche modo a trovare sotto le sue fronde uno spazio dove stare. Per non essere privati del nutrimento, però, bisognava mettercela tutta e produrre buoni frutti.

Mi piaceva molto. E come tutte le persone che mi andavano a genio, apparteneva anche lui al mondo di Hachi. Non poteva essere altrimenti.

Avevo il sentore che stesse nascendo qualcosa.

Era sempre insieme a ragazzine o a studenti dell'Accademia d'Arte. Tutta gente fondamentalmente simpatica con cui si riusciva a parlare bene. Quando mi presentava a qualcuno diceva: "Lei è Mao, la nipote della fondatrice di una comunità religiosa". Immagino che lo facesse perché Hachi per ridere gliel'aveva detto la volta che ci eravamo conosciuti.

Per cui poi tutti, senza tanti riguardi, mi facevano mille domande sulla vita della mia famiglia. Quando pen-

* *Jugemu.* Non riuscendo a decidersi sul nome da dare al figlio, Kuma finisce con l'affibbiargliene una sfilza. Cosa che renderà Jugemu protagonista di tutta una serie di situazioni comiche. Questo il nome per intero: Jugemu Jugemu, Gokō no surikirezu, Kaijari Suigyo no Suigyōmatsu, Unraimatsu, Fūraimatsu, Kū neru tokoro ni sumu tokoro, Yaburakōji no Burakōji, Paipo Paipo, Paipo no Shūringan, Shūringan no Gūrindai, Gūrindai no Ponpokopii no Ponpokonā no Chōkyūmei no Chōsuke. [*N.d.T.*]

savo che ne valesse la pena, rispondevo con piacere, facendo attenzione, però, a non tentare nessuno.

Ad Alessandro Giovanni Gerevini piaceva ascoltare musica e ballare, quando poi sentiva delle belle storie si commuoveva. Se gli facevano valutare dei dipinti o della musica insignificanti, andava su tutte le furie e insultava gli autori. Con una serietà che induceva a chiedersi da dove provenisse e a cosa servisse quella collera.

Secondo me, proveniva dal puro amore per l'arte. Ne ero certa.

Non aveva un lavoro fisso, e tanto meno faceva ufficialmente il mecenate. Trascorreva tutto il suo tempo fra cinema, piccole gallerie d'arte e concerti. Scriveva anche recensioni. Venezia, New York, Los Angeles... era sempre in viaggio diviso tra mostre e festival. Portava sempre con sé promettenti ragazzine alle prime armi e senza un soldo che scopriva lui stesso, perché vedessero cose di valore o semplicemente per approfittare di loro.

Al ritorno alcune avevano raccontato in lacrime di essere state violentate, altre invece erano tornate innamorate come se niente fosse stato.

Per cui forse non era un santo, ma non sembrava nemmeno particolarmente cattivo.

Molte erano le aziende e le gallerie che si rivolgevano a lui per avere una sua opinione. Insomma, era un signore a cui piaceva l'arte vera, cosa di cui aveva fatto la sua professione.

Mi spaventava molto fargli vedere i miei dipinti. Con Hachi non provavo alcuna vergogna perché era come il prolungamento dei miei organi, invece lui era il primo estraneo a cui chiedevo un giudizio e per di più era un professionista.

Presi tutti i miei quadri e andai a mostrarglieli con il cuore che mi batteva forte.

Li divise in un baleno.

“Qui sei ancora piena di te, in questo hai pensato a coloro che l’avrebbero guardato, su quest’altro invece sei stata troppo.”

Commenti precisi come divinazioni, da rimanere a bocca aperta.

“Bello questo, ohh, qui è commovente. Splendido. Sì, hai talento. Lo sento, ne sono sicuro. In questo dipinto c’è qualcosa che è impossibile trovare altrove. Bello, davvero.”

Lo osservava con gli occhi lucidi.

Pare che davvero, quando riusciva a vedere in un’opera la luce dell’autore, gli venisse da piangere.

Quello che stava esaltando era un piccolo quadro che avevo dipinto ascoltando a tutto volume una canzone intitolata *If I was your girl friend.*

Se io fossi la tua amica
potrei anche vestirti
nel senso che ti aiuterei a scegliere gli abiti prima di uscire.
Non sto dicendo che da sola non sei in grado di fare niente
ma che quando si è innamorati ogni tanto succedono anche di queste cose.
Se io fossi il tuo unico amico
correresti da me quando qualcuno ti ferisce
anche se fossi io quel “qualcuno”.
A volte l’animo prende il volo, riesci a immaginare quanto sarebbe divertente se fossimo soltanto noi due?
Prova a farlo!
Mi permetteresti di lavarti i capelli?

Qualche volta mi lasceresti preparare la colazione?
Oppure potremmo uscire a fare delle passeggiate
senza una meta precisa
andare a vedere un film e commuoverci insieme...

Nel periodo in cui era stato giù di morale, Hachi l'aveva ascoltata talmente tante volte e quella musica aveva accompagnato le nostre giornate per così lungo tempo che mi sembrava parlasse dei suoi sentimenti nei miei confronti e viceversa. Quando la sentivo, i polmoni mi si riempivano di un'aria del tutto particolare. Era una cosa che avevo dipinto in un baleno con dell'inchiostro marrone su carta beige, in uno stato d'animo che aveva condensato tutte le mie emozioni in un istante. La pace, la follia, la felicità.

"Sì, questo è proprio bello. Guarda che non ti sto facendo i complimenti soltanto perché sei un'amica. Adesso devi mettercela tutta e dipingerne tanti altri come questo. E se ci riuscirai, allora potrò anche fare qualcosa per te. Per aiutarti, s'intende," disse lui.

Ero felicissima. E dopo aver sentito le sue parole, mi venne molto spontaneo pensare di essere nata per dipingere. Ebbi la sensazione di averlo giurato in paradiso davanti agli dei. "Un giorno dipingerò!" avevo detto in un luogo splendente di luce bianca. Più alto e remoto di qualsiasi montagna su questa terra.

Davvero riusciva a far sì che le persone che aveva davanti si accorgessero di quello che volevano fare, era un autentico talento.

Decisi di regalare quel dipinto ad Alessandro Giovanni Gerevini. La cornice la fece Hachi in un giorno. Di alluminio e vetro, verniciata d'oro. Facemmo un bel pacco regalo e di notte andammo a metterglielo davanti alla porta di casa. Tutti agitati, di corsa.

Dopo di che divenni amica di una delle ragazze che frequentava Alessandro Giovanni Gerevini: Miki, che faceva l'impiegata in un'azienda.

All'inizio, quando l'avevo incontrata nel locale dove lui andava sempre, mi aveva messo in soggezione perché era una di poche parole. Con la sua acconciatura funky, andava tutti i giorni al lavoro con indosso abiti di Moschino e borsette di Prada sottobraccio. Erano le uniche cose che sapevo di lei. Una sera le avevo chiesto che lavoro facesse, ma lei mi aveva risposto: "Qualsiasi cosa, pur di emergere". Un giro di parole che consideravo insignificante, così decisi di ignorarla.

Tuttavia, quando la vidi la volta successiva, mi disse:

"L'altro giorno ero strana, vero? Scusami, avevo bevuto".

Lo fece con un sorriso talmente carino che mi risultò simpatica.

"In ogni caso, cosa volevi dire?" provai a chiederle. E lei si spiegò così.

Era nata a Nagoya, quarta di dieci fratelli e unica femmina. Aveva conosciuto sia i pro sia i contro dell'essere diversa dagli altri. Per cui trovarsi in una condizione di assoluta parità con gli altri per lei era motivo di ansia. Più accentuava la sua femminilità, più i suoi fratelli erano felici; i suoi familiari poi l'avevano viziata all'inverosimile, tanto da renderla una persona strana agli occhi della gente.

"Qui dentro sono l'unica che fa l'impiegata e in ufficio sono l'unica che, vestita così, esce la sera con amici artisti. Per cui mi trovo benissimo. Invece nei posti dove c'è tanta altra gente come me, mi sento a disagio," disse Miki.

"Quindi ti è sufficiente emergere soltanto un poco," le chiesi, lei sorrise e commentò:

"Esattamente".

Era un sorriso molto particolare in cui non c'era spazio per l'idea di "altro". A ben pensarci, casa mia era sempre stata piena di gente come lei. Di diverso da quelle persone, lei non si trovava confinata in una setta. Avevo l'impressione di poterci andare d'accordo, una sensazione completamente diversa da quella provata con la Mamma, che, pungente com'era, faceva quasi paura. In ogni caso era una ragazza molto appariscente e fotogenica, non proprio una bellezza, ma un tipo affascinante di cui non ci si stancava facilmente. Se mi avessero chiesto il nome di un personaggio famoso a cui assomigliasse, avrei detto Chara.* Forse non aveva le sue stesse labbra notevoli, ma in cambio aveva lunghe, lunghissime ciglia.

Mi confidò di aver posato come modella per un fotografo amico di Alessandro Giovanni Gerevini.

"Gli avevo detto che ero disposta a mostrare fino al pelo, ma lui non ha fatto altro che fotografarmi dentro treni affollati."

Lei non era affatto soddisfatta della cosa, io invece riuscivo a capire molto bene l'intento di quel fotografo.

* *Chara.* Popolare cantante giapponese di musica leggera. [*N.d.T.*]

Una piena di vitalità come lei, che si notava anche in uno scenario cittadino, all'interno di un treno sarebbe risaltata come un bimbo appena nato. Sarebbe stata l'unico essere a vibrare. Come un colore in una foto in bianco e nero.

"In ufficio me ne fanno di tutti i colori, ma io me ne frego. Faccio gli scongiuri, sai. Prego perché la mia psiche regga."

"Riesci quindi a separarla dal corpo e a rinchiuderla in una preghiera?" le chiesi.

"No, assolutamente, non ci riesco e non ci riuscirò mai. Ma quello è appunto il motivo essenziale per cui prego."

Sorrise.

Non capivo quale fosse quel "motivo essenziale", ma apprezzai comunque che sapesse quello che contava per lei senza dover dipendere da qualcuno.

Hachi non dava a vedere apertamente di essere geloso, ma quando uscivo a fare spese con Miki sembrava che si annoiasse a morte.

A me stava bene così. Con lui non era certo possibile godere delle emozioni che si provano tra donne. Era bello andare, che so, a prendere qualcosa da bere in un bar carino o girare per i grandi magazzini.

Miki mi insegnò molte gioie della vita metropolitana. Tutte cose che facevo per la prima volta. Andare a bere fuori, a ballare e a fare shopping. Pagava quasi sempre lei visto che non avevo mai uno yen. Ogni tanto, però, le offrivo un tè o altre cose da poco e lei mi ringraziava tutta sorridente. Era sconfinato il bene che traevo dalla sua gentilezza. E sentirla fare commenti su quello che vedevamo era piacevole come ascoltare della musica. "Che strano!", "È bellissimo!", "Questo è di gran moda" e così via.

Tutto sommato riesco ancora a farmi degli amici e la mia vita non è poi così miserabile come credevo.

Questo era quello che cominciavo a sentire.

Era pieno inverno. Hachi aveva riacquistato la lucidità. Che avesse rinunciato al suo progetto? Comunque fosse, sembrava godersi le giornate dimostrando grande fermezza nell'accettarle per quello che erano.

Mi ero fatta prestare degli abiti invernali da lui.

Nelle foto di quel periodo ho sempre indosso roba strana, suoi vestiti o cose che mi aveva regalato Miki.

Successe nel cuore di una notte nuvolosa, con la neve che sembrava cadere da un momento all'altro.

Ero uscita a divertirmi con Miki. Mi aveva invitata ad andare con lei da Alessandro Giovanni Gerevini dove avrebbe passato la notte, e così ci eravamo dirette verso casa sua.

Era la prima volta che entravo nel suo appartamento. Avevo visto tante volte l'edificio da fuori ed ero stata anche sulla porta d'ingresso, mai però avrei pensato che dentro potesse essere così grande. Era un ambiente molto lungo che si sviluppava tutto in profondità.

L'interno era talmente carico di mobili che l'unico modo per definirlo era sfarzoso.

L'alluvione di colori di tutti quegli oggetti diversi tra loro ricordava la casa di Paradžanov.

Cosa strana per uno straniero residente in Giappone, non aveva nemmeno uno spillo che fosse in stile giapponese.

Le camere da letto erano cinque.

Ero sconvolta, incredibile, incredibile, dissi.

In quel perfetto microcosmo italiano, i due, seduti stretti stretti sull'accogliente divano del soggiorno, si misero a guardare *L'indagine! Night scoop!* alla televisione.

"Ad Alessandro piace molto questo programma."

"Sono tornato presto apposta per vederlo."

E imbastirono una conversazione di circostanza.

In quello spazio scuro che galleggiava sopra un mare freddo, mentre dagli altoparlanti fuoriusciva il dialetto del Kansai con tutto il suo vigore, i bagliori del teleschermo illuminavano i loro volti concentrati. Una scena strana, triste e bella insieme.

Mi avevano detto che la loro storia aveva avuto inizio perché Alessandro Giovanni Gerevini aveva notato Miki per strada ed era riuscito a convincerla a frequentarlo con la scusa di insegnarle l'italiano.

Bevemmo del vino, il programma finì e nel momento in cui pensai di tornarmene a casa, all'improvviso il discorso andò a finire su Hachi che all'inizio dell'estate se ne sarebbe andato in India.

Alessandro Giovanni Gerevini l'aveva saputo da lui qualche tempo prima.

"Cosa farai, Mao?" mi chiese Miki.

"Non ci ho ancora pensato," risposi.

Era vero, non l'avevo ancora fatto.

"Puoi venire a vivere qui," mi disse Alessandro Giovanni Gerevini.

"Sì, davvero!" aggiunse lei.

"Ma... ma..." balbettai. "Non ti darebbe fastidio, Miki?"

"Figurati, ci sono tante stanze e poi si possono chiudere le porte a chiave, no? Se anche dovesse cercare di saltarti addosso, puoi sempre scappare."

"È chiaro! Se ti senti in pericolo non devi far altro che dartela a gambe."

Lo dissero seri in viso.

"Le stanze sono libere e spesso c'è gente che sta qui per un po' di tempo. Anche amici che vengono dall'estero, sai. La mia ospitalità, però, si limita a offrire un tetto," disse Alessandro Giovanni Gerevini.

"Allora forse verrò," dissi io. Ero felice di avere trovato un posto dove andare. Una strana sensazione.

Una volta a casa lo dissi a Hachi, lui con lo sguardo severo mi disse:

"Guarda che ti violenta di sicuro". Poi aggiunse: "Tu però sei una che ne ha viste di cotte e di crude, non diventi di certo la sua mantenuta," e rise.

Era leggermente geloso, un sentimento che l'avrebbe condotto in un vicolo cieco. Dopo di che cominciai a pensare a come avrei impostato la mia nuova vita.

Pensai che tutto sommato fare la mantenuta in quella casa non sarebbe stato affatto male.

Anche a costo di vivere le mie giornate temendo di essere violentata.

Piuttosto che rinchiudermi ancora nel Villaggio dell'amore.

Piuttosto che tornare a quel passato.

Quarto capitolo

Di lì in avanti avrei trovato molto difficile pensare che ci sarebbero state cose assolutamente impossibili. I cambiamenti erano rapidissimi e anche lo sconvolgimento che comportavano si risolveva con grande velocità.

Eravamo all'inizio della primavera.

Nel periodo in cui i ciliegi sono in fiore. Telefonai a mia madre dopo molto tempo che non lo facevo. Chiamavo sempre da fuori perché temevo che potesse far localizzare la telefonata. Nello spazio angusto della cabina, feci il numero preoccupata. Rispose lei e subito mi disse:

"Ho deciso di lasciare la comunità e di andarmene da questa casa".

Non credevo alle mie orecchie.

Era una cosa che avevo sperato sin da bambina. Mi dicevo sempre come sarebbe stato bello se tutto fosse finito.

A differenza di Hachi e della decisione che aveva preso, la vita di mia madre era talmente legata a quei vampiri dei fedeli e agli insegnamenti della nonna che, se la si fosse portata via da quel posto, si sarebbe spenta. Ormai pensavo che avrebbe potuto lasciare quella casa soltanto da morta.

E invece, proprio adesso che avevo abbandonato ogni speranza, glielo sentivo dire all'improvviso come se fosse stata esorcizzata.

"E perché mai? Non devi più custodire gli insegnamenti della nonna?"

"Lo farò limitatamente alla mia persona. Ormai mi sono stancata della gente che vive qui dentro. Mi maltrattano, le escogitano tutte per buttarmi fuori, ma che Villaggio dell'amore è? Questa era la mia casa, adesso non c'è più neanche l'ombra di quello che era. Mi farò dare una parte delle reliquie della nonna e andrò ad abitare in provincia. A Yamanashi la zia gestisce un asilo, no? Mi ha detto che posso andare a vivere da lei. Ho deciso che l'aiuterò nel suo lavoro. Ormai non voglio più saperne neanche del mio nome, lo cederò a un successore. Da quando è morta quella santa donna di mia madre, è cambiato tutto," disse con la voce stanca e proseguì:

"E tu cosa fai? Devi prendere una decisione, sai? Fatti viva presto, perché dobbiamo sistemare per bene le nostre cose e anche la questione finanziaria. Sta' tranquilla che non ho alcuna intenzione di riportarti qui".

Sembrava aver perso anche la voglia di combattere, forse perché era stremata. Come se lo spirito le si fosse dileguato.

Mia madre abbandonava il fronte di guerra per la successione nel Villaggio dell'amore, non era più la donna dei vecchi tempi, quella stessa che incuteva timore più di un uomo. Ormai era una signora di mezza età senza forze. Ne rimasi profondamente colpita.

Le persone cambiano.

Il tempo scorre. Magari piano piano, ma scorre.

Se io, la preferita della nonna, fossi restata in quella

casa, mia madre di sicuro sarebbe uscita vincitrice dalla contesa. Non conoscevo i particolari, ma dal tono intuivo che avesse rotto anche con l'uomo con cui sospettavo stesse. Per cui per un po' di tempo sarei stata oggetto del suo rancore. Malgrado la gentilezza apparente, alla prima occasione l'avrebbe tirato fuori tutto in un colpo. Sentivo che era inevitabile.

Comunque, accoglievo molto positivamente la notizia che se ne sarebbe andata da quel posto. Perché una volta lontana, avrebbe aperto gli occhi.

Provavo una piacevole sensazione. Ma non riuscivo a crederci. Pensai che potesse essere tutta una storia inventata per farmi tornare. Eppure, no, non sembrava un trucco. E dopo qualche giorno mia madre mi comunicò il suo nuovo numero di telefono e mi disse di avere portato via quasi tutti i suoi averi.

Cose che succedono.

"Cose che succedono... cose che succedono..." sussurrai più di una volta come per riuscire a mantenermi in equilibrio.

Camminavo di notte sotto gli alberi di ciliegio. I fiori sbocciati in tutto il loro folle splendore, agitati dal vento lasciavano cadere a uno a uno i petali. La tiepida brezza notturna colmava la città disegnando delle onde.

"Ci sono periodi in cui tutto cambia," disse Hachi quando a casa gli raccontai l'accaduto. "Ogni cosa ha un tempo e un luogo per cambiare. Che ci piaccia o meno."

È proprio vero, pensai.

"Vengo a prendere le mie cose."

Telefonai per avvertire e mi diressi verso la casa in cui ero cresciuta.

L'aria era stagnante. La nuova leader era una fedele, amica della nonna, di nome Saita. A prima vista sembrava una signora normalissima, e invece era anche lei una sensitiva con qualche potere soprannaturale. E fortuna che quando era morta la nonna aveva preso la mamma per mano e le aveva detto: "Dobbiamo essere forti e andare avanti insieme!".

Ma adesso che teneva le redini del potere, gli occhi le erano diventati vitrei e severi.

Erano secoli che non la vedevo. Ero andata a congiungere le mani davanti all'imponente altare su cui erano custodite le reliquie della nonna e poi ero passata a darle un saluto.

Sia quella casa enorme sia la signora Saita appartenevano alla sfera del passato. Le vedevo in bianco e nero.

"Grazie di tutto," dissi e nel contempo mi chiesi perché l'avessi fatto, visto che non avevo motivo per sentirmi in debito nei suoi confronti.

"Resta qui, Mao. Torna a casa. Perché non ti sposi con XY?" disse lei. Pronunciò il nome dell'uomo con cui facevo sesso dalla mattina alla sera quando abitavo ancora lì. Mi irritò sentire che la cosa fosse diventata di dominio pubblico.

"La ringrazio, ma io ormai... Mia madre, poi, non vive più qui. Per me la nonna è solo un ricordo."

Lo dissi sorridendo, lei però era seria in viso.

"È tua nonna che vuole che tu resti. E tu lo sai, no? A differenza di tua madre. È il tuo sangue che te lo impone."

"Mah, non penso proprio. Io, invece, credo che la

nonna preferisca che io viva come mi pare e piace," dissi.

"Pensaci per tre giorni. Vedrai che in tre giorni cambierai idea. Capirai la tua vera missione. Non è un caso che le parole 'missione' e 'mansione' si assomiglino. A essere sinceri, è un messaggio che ho ricevuto ieri. Tu, poi, hai telefonato subito dopo e così me ne sono convinta. Io sono guidata dall'alto. Apri gli occhi! Ti stai facendo accecare dai piaceri che hai a portata di mano. Eppure sai bene che le cose di questo mondo sono tutte vane. O sbaglio? Il magnetismo positivo che irradio io arriva direttamente dal regno superiore degli spiriti dove si trova tua nonna."

Serissima in viso, la signora Saita si espresse in un misto di buddhismo, chiesa swedenborghiana e pseudoscienza. Mi chiesi da quanto tempo a casa mia le cose avessero preso questa piega. Una volta era tutto molto semplice e spontaneo, adesso la situazione era degenerata in modo incredibile.

Cercai di andarmene, mi alzai e le chiesi il permesso di ritirarmi in camera mia a imballare almeno le cose più importanti. All'improvviso entrarono due uomini. Uno lo conoscevo, era quello che pensavo stesse con mia madre negli ultimi tempi, l'altro invece non l'avevo mai visto. Tutt'a un tratto mi immobilizzarono prendendomi alle spalle.

Cercai di ribellarmi, ma mi infilarono un asciugamano in bocca.

Con la loro forza non potevo certo competere, così mi portarono sul retro del giardino nel vecchio deposito che veniva usato come ripostiglio e mi ci buttarono dentro.

Quando dal di fuori chiusero la porta a chiave, compresi cosa volevano. Sarei dovuta rimanere lì dentro per tre giorni.

L'ambiente era buio e l'unica finestra era molto in alto. L'odore di muffa, poi, era insopportabile. Cercai a tentoni l'interruttore della luce e l'accesi. Mi tolsi di bocca l'asciugamano che profumava in modo eccessivo di sapone. Ormai ero sul punto di vomitare.

Il fatto che non puzzasse, che so, di calzini smessi esprimeva tutta l'indecenza di quel posto. Per la collera mi si infuocò il viso. Un calore che sembrava bruciarmi gli organi.

Era un fatto che mi feriva internamente, ma che non aveva nessunissimo senso. Cercai di ricordare alcune delle cose belle e divertenti che avevo vissuto fino ad allora. Riuscii a rispolverarne di talmente buffe che mi venne da ridere a crepapelle. Mi rendo conto che era da scemi totali, se però non l'avessi fatto avrebbero preso a fluttuarmi davanti agli occhi termini come "lavaggio del cervello" e "sequestro di persona" e mi sarei fatta vincere dalla depressione. Mia nonna non avrebbe mai desiderato una cosa del genere. Che stava succedendo in quella casa? In tutta onestà non mi interessava affatto, potevano fare tutto ciò che volevano, pretendevo, però, che rompessero ogni relazione con il nome della mia famiglia.

Non c'era acqua e niente da mangiare.

Cosa potevo fare? Adesso che anche mia madre aveva lasciato la comunità, io, la preferita dalla nonna, ero una presenza scomoda in questo mondo. Non pensavo che sarebbero arrivati a uccidermi, ma se mi avessero tenuta chiusa lì dentro per tutta la vita... al solo pensiero mi sentii vincere dallo sconforto.

Studiai quel mio stato d'animo.

Lo sconforto si generava in un preciso punto fisico e, partendo da lì, cercava di svilupparsi con tutte le varianti possibili. Il turbine di scoramento con cui, rassegnata, mi sembrava di dovere convivere per il resto della vita si originò dalla mia pancia vuota, dalle mie mani e dai miei piedi sporchi o forse dal corpo immobilizzato contro la mia volontà.

Alla fine mi stancai anche di quello studio e non avendo altro da fare presi a guardare il materiale custodito nel deposito. Documenti sui vari poteri soprannaturali che la nonna aveva dimostrato di possedere. E anche i suoi sermoni. Erano stati trascritti in bella copia come si fa con i *sūtra*, e catalogati in raccoglitori.

Parole che sarebbero dovute svanire una volta uscite di bocca alla nonna venivano invece conservate con cura e lette dai fedeli. Le studiavano a memoria e le ponevano a sostegno dei loro animi. Anche se poi rinchiudevano la nipote nel deposito. Almeno fossero state frasi di personaggi più grandi, di Cristo o del Buddha, ad esempio, l'avrei capito, si trattava invece delle semplici testimonianze che una saggia signora del livello di mia nonna era stata in grado di lasciare. Le altre sì che sarebbero state fonte di saggezza.

Piano piano scese la sera e calò il buio.

Cominciavo ad avere dei capogiri per la fame. Al pensiero, poi, che sarebbero continuati per tre giorni, mi sentivo male. Avevo la sensazione che mi sarei fatta prendere dal panico. Mi rilassai un poco, ma poi l'agitazione ebbe il sopravvento: ormai non riuscivo più a stare tranquilla.

Mi distesi a terra e, cercando con tutta me stessa di

tenere la situazione sotto controllo, presi a osservare il soffitto e la finestra lassù in alto.

Pensai di fare un po' di yoga, ma mi sembrò più opportuno conservare le energie.

La cosa migliore sarebbe stata riuscire a prendere sonno e così cercai di ipnotizzarmi da sola. Provai a illudermi di essere in riva al mare. Era una tecnica che avevo imparato da Hachi.

Poco dopo l'olfatto si assuefece alla puzza di muffa e, quando ormai mi sembrava di sentire l'odore di salsedine, sentii bussare alla porta.

"Chi è? Fatemi uscire!" urlai.

Non rispose nessuno. Appoggiai l'orecchio contro il battente di ferro. E capii che dall'altra parte c'era la nonna.

Non ero impazzita, riuscivo davvero a percepirne la presenza. Era lì, in piedi, immobile. La sentivo.

Mi tranquillizzai.

"Nonna?" dissi. Dopo di che sentii la sua voce.

"Io non me ne posso andare da qui, ma almeno le mie ossa vorrei che le tenesse uno della famiglia."

Non capivo cosa volesse dire.

E in quell'istante la sua presenza sparì.

"Mao?"

Sentii una voce.

"Mamma?" feci io. Chissà perché, la nonna si era trasformata in mia madre. Che in teoria doveva essere andata dalla zia già da un pezzo. Non credevo alle mie orecchie.

"Adesso ti apro."

Poi la serratura scattò con fragore e la porta si aprì. Davanti a me vidi la sagoma di mia madre in piedi come in un sogno.

"Perché sei tornata?"

"Ho avuto un presentimento. Credo che sia stata la nonna a farmelo sapere. Ero talmente agitata che ho detto 'vado a prendere gli ultimi bagagli' e sono venuta via. Avrei potuto farlo benissimo un altro giorno, ma proprio non riuscivo a darmi pace," mi spiegò. "In questo momento sono tutti riuniti per la preghiera della sera. Se scappiamo adesso non ci vede nessuno. Questa è roba tua, vero? Non ce l'ho fatta a portarti tutto, le altre scarpe sono ancora dentro."

"Grazie."

Rimasi stupita dalla sua destrezza.

Mi aveva portato anche un piccolo pacco avvolto in un *furoshiki*.

"Che c'è qui dentro, mamma?" chiesi.

"Ossa."

"Cosa? Le ossa della nonna? Te ne sei fatta dare una parte?"

"No, le ho prese tutte. Ti sembra che le potessi lasciare in un postaccio come questo?"

"Ma come diavolo hai fatto?"

"Tempo fa avevo chiesto che me ne dessero parte, ma si sono rifiutati. Allora le ho prese senza che mi vedesse nessuno e le ho nascoste nel giardino. Pensando che un giorno sarei venuta a prenderle. Anche se mi sembrava di fare un affronto alla nonna. Adesso quelli là possono fare quel che vogliono. Non se ne dovrebbero accorgere per un bel po', perché dentro all'urna vuota che era sull'altare ho messo dei rametti avvolti con la massima cura."

"Me l'aveva detto anche la nonna di farlo, sai? Vedrai che non se ne accorgeranno."

"Quindi, come sospettavo, parli con lei, tu!"

"Qualche volta, solo qualche volta. Senti, ma non è meglio darsela a gambe?"

"Hai ragione."

Arrivammo di corsa davanti al portale d'ingresso. E la mamma tolse l'insegna "Villaggio dell'amore" scritta a mano dalla nonna.

"Gliela brucio, così imparano," disse tutta scomposta. Dal suo aspetto e dalla nostra foga, sembrava che stessimo scappando di casa senza pagare l'affitto. Corremmo per le strade della città sul fare della notte, lei con l'insegna e le ossa della nonna avvolte nel *furoshiki* in mano, io un po' sporca e con un bagaglio enorme sulle spalle. In quella calda serata, sia le stelle sia la luna erano luminose. Tutti camminavano con calma. Era una bella scena di serenità. A me, però, sembrava che qualcuno ci stesse seguendo, anche se, all'infuori della nonna, nessun altro avrebbe potuto farlo. Era solo una preoccupazione vana.

Di sicuro mia madre era più agitata di me.

Correva portando quell'insegna, un semplice pezzo di legno che per un estraneo non avrebbe avuto alcun valore, con una fretta che testimoniava il nostro coinvolgimento nella situazione.

Una stupidità estrema. Una stupidità grande al punto da poter ridere della maggior parte delle cose.

Mentre camminavo in fretta con la mamma, un'emozione profonda mi attraversò dalla testa ai piedi. Una cosa che non è possibile provare da fermi.

La sensazione che tutto fosse in movimento, nel bene e nel male. Che ogni cosa avesse preso a muoversi anche senza un motivo preciso. Cambiamenti vigorosi e determinati che non avevano, però, alcun colore.

Cenammo in un posto col menu fisso, appena fuori città.

La mamma disse che non se la sentiva di passare la notte in un albergo e che più tardi avrebbe preso il treno per tornare dalla zia.

Appoggiato su una mensola, il televisore del ristorante era sintonizzato su una partita di baseball. Tra il mio piatto di crocchette e quello di pesce ai ferri della mamma, c'erano le ossa della nonna.

Mi venne da pensare che, se era possibile una cosa del genere, qualsiasi altra lo sarebbe stata.

"Mamma, hai lasciato quell'uomo?"

"Chi? Quel piccolo essere assetato di potere?" disse. "È cambiato tutto. Certo, ci sono stati anche dei bei momenti. Immagino che tu non la pensi così, ma c'è stato un periodo in cui eravamo tutti molto legati. A volte mi chiedevo se a questo mondo ci fossero altre atmosfere così speciali. Avrei fatto qualsiasi cosa per il bene del Villaggio. Sono contenta di non avere mai ingannato nessuno, di non avere mai buttato fuori o sequestrato chicchessia."

Divorai il cibo, ma subito venni assalita da un turbine di emozioni che mi fece venire le lacrime agli occhi. Anche mia madre si commosse.

"Smettiamo di piangere, mi fa rabbia," disse. "Non dobbiamo essere tristi, tutto sommato la nostra posizione non lo è affatto."

Sorseggiando del tè, con la nonna davanti a noi, facemmo per l'ultima volta una brevissima riunione di famiglia. La pregai di non togliermi la carta di credito fino al giorno in cui il ragazzo con cui convivevo non si sarebbe trasferito per sempre all'estero. Le dissi che dopo quella data ce l'avrei messa tutta per mantenermi da sola, sia che fossi tornata a scuola, sia che avessi seguito la mia inclinazione e mi fossi messa a studiare pittura.

La mamma a sua volta disse che d'ora in avanti sarebbe vissuta aiutando la zia nel suo asilo. E che insieme a lei avrebbe voluto trasformarlo in una specie di orfanotrofio.

Le nostre strade si erano separate. All'improvviso mi resi conto che non saremmo mai più vissute sotto lo stesso tetto. Una triste constatazione.

Accompagnai la mamma fino alla stazione di Tōkyō.

Era stata una giornata molto strana. Quando arrivai a casa, Hachi mi chiese:

"Hai preso la tua roba?".

"Sì," risposi. Tolsi in silenzio gli abiti sporcatisi nel deposito. E non gli raccontai niente. Ero esausta e non mi andava di pensare ancora alla sensazione di impotenza provata nel pomeriggio, al fatto che qualcuno avesse cercato di farmi cambiare idea ricorrendo alla violenza.

"Sono stanca morta, ma finalmente libera. E lo scotto penso di averlo pagato fin troppo," dissi soltanto.

Non so se avesse capito o meno, in ogni caso sembrò convenire con me.

Quinto capitolo

Così facendo era passato un anno e ancora una volta arrivò l'estate. Decidemmo di fare uno di quelli che in genere si definiscono "viaggi d'addio". Ne avevo sentito parlare molto e pensavo che sarebbe stata una di quelle esperienze dopo cui mi sarei sentita a pezzi, invece, con mia grande sorpresa, la trovai divertente.

Percepii soltanto una leggera tristezza disarmante, che aveva un po' l'odore della morte, il giorno della partenza. Un pomeriggio di cielo coperto, incontrai al Gin no suzu il mio ragazzo che presto sarebbe partito per sempre e insieme prendemmo lo Shinkansen.

Era un periodo in cui, libera finalmente da mia madre e dal passato, ardevo di speranze. Speranze in grado di sciogliere i timori. Sulla mia strada vedevo una luce. E dentro quella ogni cosa.

Anche la separazione.

Non ero particolarmente triste, al punto da credere che fosse strano.

Al piano interrato di Daimaru comprammo dei pranzi al sacco con hamburger e una volta in treno ci bevemmo due birre mentre Tōkyō spariva dalla nostra vista.

L'arroganza della mia giovinezza non mi permetteva di percepire le cose con la cura dovuta. Il vizio di ignorare il dolore insito nella realtà si stava annidando tra le radici del mio cuore come un virus.

Passammo la notte in una vecchia pensione dopo Kawazu.

Un posto di cui mi aveva parlato la nonna tanto tempo prima. C'era stata in viaggio di nozze con il nonno che io, per la verità, non avevo mai visto, perché era morto prima che nascessi.

Gli albergatori furono molto gentili con noi, non fecero nemmeno tante storie quando capirono che praticamente eravamo due bambini.

Così mi scappò detto:

"Lui presto andrà a vivere all'estero, per cui ho voluto portarlo alle terme giapponesi".

Dalla finestra si vedevano molti laghetti in cui venivano allevati pesci d'acqua dolce. Li attraversava il sentiero che portava ai bagni termali. Una visione nostalgica.

Le montagne cingevano anche chi si incantava a guardarle. Con i loro folti boschi.

Pensai che assomigliavano alla nonna. Grandi presenze silenziose che non rivendicavano alcunché. Nessuna baraonda intorno a loro le avrebbe mai potute sconcertare. Irradiavano serenità.

Ahh, mia nonna era nelle montagne del Giappone. Basse, con la schiena ricurva, sconosciute ai più, ma ugualmente capaci di raccontare le loro verità in una forma perfetta.

Cenammo in albergo, tranquilli, in una sala di legno stagionato. Ci servirono dei piatti preparati in casa, con pesce di fiume ed erbe selvatiche in grande quantità. Il televisore in sala da pranzo non c'era, si sentiva soltanto il rumore del fiume che scorreva sotto le grandi finestre. Immaginai che non fosse cambiato assolutamente nulla da quando c'erano stati i miei nonni.

I proprietari non ci fecero pagare il sake e ci offrirono anche delle pietanze che avevano preparato per sé e i loro familiari, non comprese nel menu.

Chiesero a Hachi in che paese si sarebbe trasferito e restarono molto sorpresi quando si sentirono rispondere che sarebbe andato in India.

Chissà per quanto tempo avremmo continuato ad andare alle terme se invece ci fossimo sposati. Di sicuro ogni anno.

Quando lo vidi per la prima volta appendere i suoi abiti sulle grucce in una camera da letto differente da quella del nostro appartamento, venni assalita da un'emozione forte.

Mi sarebbe proprio piaciuto osservarlo da lontano mentre diventava un marito, un padre, un uomo maturo.

Di notte andammo di nascosto a fare il bagno in una piscina termale all'aperto, nel buio più totale.

L'odore della vegetazione lussureggiante si effondeva nell'aria, più intenso che di giorno.

Il fiume scorreva con il suo fragore violento aprendosi un varco nell'oscurità.

La luna illuminava pallida i boschi di cipressi e di bambù.

I vapori che esalavano dall'acqua calda rendevano sfocata ogni cosa come in un miraggio.

Brancolando nel buio, bevemmo della birra. E parlammo di molte cose.

Quando ormai ci sentivamo strani per il caldo, quando ormai le pupille completamente dilatate ci consentivano di distinguere le costellazioni... scorgemmo un'ombra nel bosco davanti a noi.

La sagoma sottile e bianca di una persona che guardava dalla nostra parte.

"C'è qualcuno?"

Aguzzai la vista. Alle tre del mattino, in mezzo a bambù avvolti dalle tenebre, c'era qualcuno in piedi che ci salutava con la mano.

Una visione bellissima.

"Non vedo nessuno, però percepisco una presenza. Vicino al quarto fusto grande laggiù," disse Hachi.

"È la Mamma..." esclamai.

"È venuta a trovarci. È morta qui vicino, a Hakone, ecco perché!"

"Non ha raggiunto il nirvāṇa, allora?"

"Certo che l'ha raggiunto, è soltanto venuta a darci un salutino."

Anche Hachi assottigliò gli occhi.

"È un bel segno, bellissimo."

Mi alzai in piedi nuda e la salutai anch'io.

Non c'erano dubbi che ci fosse qualcuno. Anche se non si riusciva a vedere bene per la distanza, anche se sembrava svanire nel buio da un momento all'altro, quell'immagine mi si impresse nell'animo come il fotogramma di un film. Con il candore abbagliante di quel piccolo corpo che si intravedeva tra l'ombra degli svettanti bambù neri. Il gesto lento della sua mano si trasformò in un'immagine residua per poi dissolversi nella notte e nel fresco odore del verde.

Era di una bellezza tale che non mi permise di provare tristezza.

Bella come tutto quello che aveva intorno, tanto da sembrare una cosa scontata.

Col favore dell'oscurità, io e Hachi eravamo riusciti ad assistere di nascosto allo svolgimento di una specie di rito.

Se fosse stato possibile avrei voluto ringraziare la Mamma e dirle che ero felicissima di aver potuto godere di quella vista.

"Tu fra un po' non riuscirai più a vedere gli spiriti," disse Hachi una volta tornati in albergo.

In un istante la luce improvvisa della stanza mi fece credere che tutto quello che era successo un attimo prima nella penombra fosse un sogno.

L'acqua calda delle terme che esalava vapore, il colorito della mia pelle che si era schiarita. Lo splendido sentore della Mamma, il bosco di bambù che sembrava toccare il cielo, gli alberi che ondeggiavano, il vento che attraversava la volta celeste, le stelle che risplendevano. L'immagine di tutte queste cose, unite come in una melodia originale, si scioglieva nella notte.

"E perché mai?"

"Adesso riesci a farlo perché sei ancora giovane e l'energia ti sgorga da tutte le parti."

"Perché, è una cosa che non sta bene?"

"Non è questione di stare o non stare bene. È che non penso che tu sia il tipo di persona che riesce davvero a vederli."

"Guarda che fino a ora ho visto soltanto mia nonna e la Mamma!"

"E nessun altro vedrai, sta' tranquilla."

"Tu non li vedi?"

"Li avverto soltanto."

"Uno del tuo calibro?"

"Man mano che ci si perfeziona, si riesce sempre meno a vederli."

"Ah sì?"

Facemmo l'amore illuminati soltanto dai bagliori del televisore.

Gli *yukata*, che non eravamo abituati a portare, ci si attorcigliarono al corpo e ne ridemmo di gusto.

Alla fine ci addormentammo nudi. Prima di ciò, però, Hachi mi aveva fatto notare che quel giorno, anche se per poco, eravamo stati più a lungo nudi che vestiti. Era vero, e per quello mi venne ancora da ridere all'infinito.

Nell'autobus che ci riportava a casa eravamo esposti ai raggi del sole come due bambini sfiniti dal gioco, mentre il vento ci liberava la fronte dai capelli. Alla vista del paesaggio di montagna e della vegetazione che scorreva al di là del finestrino aperto, fui rapita da un'improvvisa tristezza.

"Non trovo affatto divertente che tu te ne vada. Non mi sembra vero di non poterti più vedere."

Mi misi a piangere. Non ce la facevo più a trattenermi e così mi lasciai andare. Calde lacrime mi scendevano una a una sulle guance scaldate dal sole.

Hachi mi disse:

"Certo che sei un bel tipo! Quando ero io a piangere, facevi finta di niente, vero?".

Così stavano le cose.

Nel periodo in cui diceva di non voler più andare in India, ero talmente immersa nella mia nuova vita che il concetto di tristezza l'avevo riposto dall'altra parte del cielo.

Ormai il suo animo si trovava ai piedi del lontano Himalaya. Adesso che si era deciso, cominciava a intravedere i piaceri della sua vita futura.

In certi momenti me ne rendevo conto.

Ogni volta che sono con una persona che mi piace davvero, mi diverto a giocare a rincorrerla. Il tempismo del mio scatto, però, non coincide mai con quello dell'altro.

Ma è meglio così. A piangere in due, cosa avremmo risolto?

Sarebbe stato molto meglio ridere.

Feci questi pensieri osservando una sopraelevata con dei tornanti incredibili, che svettava nel cielo.

Il sole asciugò le mie lacrime, mi consolò e mi abbracciò con i suoi raggi. Il verde delle montagne prese a raccontarmi: "È estate! Arriva l'estate! Una stagione che non verrà mai più! Goditela fino in fondo!".

Di sicuro anche la rigida, ma splendida, natura dell'Himalaya avrebbe accolto Hachi tra le sue braccia.

Una speranza che mi consolava.

Guardai Hachi con i miei occhi lucidi e vidi che cercava di dirmi qualcosa. Portai il dito indice alle labbra.

Lui tacque e guardò avanti. Lo feci anch'io.

L'autobus traballò e poi imboccò una via in discesa. Eravamo seduti uno di fianco all'altra, con le gambe che si sfioravano all'altezza delle cosce.

Pensavamo la stessa cosa.

La stessa, identica. In silenzio. Cercai di tendere le orecchie per sentirla.

I raggi danzavano sulle nostre ginocchia. Una vecchia, più avanti, si era appisolata. Sul cruscotto era appesa una foto della famiglia dell'autista. Un pomeriggio sereno stava scendendo sui numerosi *ryokan* che si trovavano lungo la strada. Gli alberi gravidi di luce si agitavano al vento. Un vento fresco, di prima qualità.

L'autobus ballava. I raggi danzavano.

Pregai che almeno quell'istante, così com'era, durasse in eterno.

Perché venissimo abbracciati da un miracolo estivo.

Soltanto noi due, nessun altro all'infuori di noi.

Hachi preparò i bagagli e telefonò a tutti. Disse che sarebbe andato per un po' di tempo in India.

Liberammo l'appartamento e per qualche giorno ci trasferimmo in un albergo da quattro soldi.

Tra gli ultimi ricordi, è molto intenso quello delle scale che scendevamo al mattino per andare a fare colazione.

E dopo quello, l'imponente complesso dei grattacieli di Shinjuku che si vedeva dalla finestra della nostra camera.

Una vista molto tranquilla.

Stavamo a letto a leggere vecchi libri riesumati durante il trasloco, di notte andavamo al caffè e poi al karaoke a cantare a squarciagola fino al mattino. Qualche pomeriggio eravamo andati anche a nuotare nella piscina dell'hotel di lusso vicino alla nostra bettola.

Le fiamme del passato erano ormai braci, ma furono giornate serene, nitide e molto vivaci.

Una volta Hachi disse:

"Chissà se nella mia testa tu continuerai ad avere quindici anni?".

"Veramente, ne ho diciassette!"

"Sì, ma adesso, no? Io pensavo, invece, a quando ci siamo conosciuti, di notte, in quel Mister Donut."

"Ahh, sì, ricordo. Avrò avuto quindici, sedici anni."

"Ero rimasto profondamente colpito dalla folle quantità di luce che emanavi, con le tue braccia e le tue gambe sottili, gli occhi tristi e l'aspetto distaccato come fossi stata in rotta con il mondo intero e con te stessa. Non mi era mai battuto il cuore in quel modo. Quando poi ci hai seguiti a casa nostra, mi sembrava troppo bello per essere vero."

"Ho capito."

"Sono sicuro che quando cercherò di ricordarmi di te, nella mia memoria vedrò sempre fluttuare quell'immagine," disse con tono malinconico.

Che delusione! Anziché adesso che ero maturata per bene, gli piacevo di più com'ero una volta. Non avevo dubbi, era un sortilegio della Mamma. Un eccellente sortilegio.

Contrariamente a quanto ci si poteva aspettare, anche il giorno della sua partenza non fu triste. Al seguito di Alessandro Giovanni Gerevini, la sera prima vennero tutti in albergo da noi e facemmo festa sino al mattino.

Fu molto divertente, c'era chi dormiva, chi cantava,

chi ballava e chi si strafogava. Quando se ne andarono, l'azzurro dell'alba aveva ormai dipinto quasi completamente il cielo. Alessandro Giovanni Gerevini aveva svegliato a scossoni gli ubriachi e li aveva portati via, forse si era trattata di una cortesia nei nostri confronti, perché potessimo restare soli.

Ci infilammo sotto le coperte di uno dei due letti, con i corpi tinti dell'azzurro che entrava dalla finestra e dormimmo come ghiri. Lo sentivo russare. L'unico pensiero che ebbi riguardava il calore che emanava.

Feci un sogno e mi svegliai del tutto.

Sognai di avere appuntamento con Hachi davanti a Hachikō. Non vivevamo insieme, e, non so perché, sembravamo due studenti del liceo o dell'università. Strano. Forse la vita di quel periodo si era trasformata in immagini ed era emersa dalla mia memoria tutta in una volta.

Eliminando soltanto le cose tristi.

Hachi veniva verso di me. Era estate. I raggi di luce giocavano nell'aria. La folla davanti alla stazione sembrava felice nonostante i visi corrugati per il bagliore. Ondate di spalle scoperte sotto maglie più o meno audaci. Il pomeriggio aveva fatto il primo passo verso la sera e il sole era leggermente dorato.

Dopo poco avremmo attraversato anche l'incrocio con le strisce in obliquo, nuotando nello spaventoso mare umano, e avremmo fatto passare uno dopo l'altro i negozi di CD di importazione. Visto che i soldi non erano molti, ci avremmo pensato bene prima di comprarli.

Saremmo entrati in tutti gli edifici e i grandi magazzini della zona e avremmo ammazzato il tempo.

Una volta che il cielo si fosse scurito e la città riempita di luci artificiali, quando non ce l'avessimo più fatta a sopportare la fame, allora saremmo andati a mangiare qualcosa seguendo il desiderio del momento. Messe a frutto tutte le nostre conoscenze per decidere il posto, avremmo attraversato vicoli intersecantisi come in un labirinto, e ci saremmo diretti verso il ristorante prescelto.

Dopo cena saremmo andati a vedere un film o in un locale con la nostra musica preferita a tutto volume.

Ormai esausti, avremmo concluso la serata in uno di quei bar aperti tutta la notte, a La Bohème o da qualche altra parte e ci saremmo presi un tè con calma.

Ma di sicuro sarebbe stato ancora difficile lasciarci e così saremmo andati a piedi fino a casa di uno dei due o magari solo a fare due passi.

A metà strada avremmo preso qualcosa da Freshness Burger oppure saremmo andati fino all'Aoyama Book Center a vedere un po' di libri. Le notti metropolitane sembravano eterne, il tempo si contraeva e si dilatava a suo piacimento. Avrei voluto ballarci insieme... nel sogno Hachi non partiva per l'India e l'atmosfera era quella dell'inizio delle vacanze estive. Ero triste perché capivo di dimenticare qualcosa di importante, ma tutto sommato non me ne importava affatto.

Mi veniva da pensarlo spontaneamente. Perché nell'ambientazione del sogno ero una liceale senza problemi.

Quel tipo di uscite in coppia, semplici e nient'affatto dispendiose, si sarebbero ripetute ogni domenica, fino a risultare sorpassate. Sino a quando non avessimo cominciato a mettercela tutta per vivere solo con le nostre forze, ad esempio affittando un appartamento con quello che guadagnavamo. Fino a che non avessimo avuto figli o ci fossimo trasferiti ad abitare in campagna ormai non più giovani.

Hachi mi guardava con lo sguardo serio e diceva:

"Noi due non dimenticheremo mai, nemmeno quando saremo vecchi, l'emozione dei nostri appuntamenti. E anche che le serate trascorse insieme, pur sembrando le stesse, non lo sono mai state. Conserveremo per sempre tra i ricordi più cari le immagini delle nostre giovani braccia, delle schiene dritte, del nostro passo spedito. Il tepore dei gomiti che si sfiorano".

"Perché dici cose tanto scontate con quell'aria? Chi ti credi di essere, un giovane ammiraglio?" gli dicevo ormai scocciata.

In quell'istante aprii gli occhi.

Cosa strana, Hachi era sveglio.

La spalla che avevo al mio fianco era l'unica prova che mi fossi davvero risvegliata dal sogno. Intorno a noi era ancora tutto immerso nella luce blu, mi sembrava di impazzire.

I suoi occhi vitrei mi stavano fissando. Lo sguardo era lo stesso del sogno.

"Hachi," lo chiamai.

"Sì," rispose.

Mi venne da piangere.

Sarei voluta ancora uscire con lui, dirigermi verso casa sua tutta palpitante, dargli il primo bacio, osservarlo con la pelle del ventre rilassata mentre telefonava a tutti per dire che avevamo avuto un bambino. Vederlo girare per il reparto di ostetricia preoccupato. Rassegnato ad allevare un gattino e un cagnolino trovati per strada. E poi sarei voluta andare ancora al mare insieme. Nuotare ogni giorno e fare passeggiate lungo la spiaggia. Avrei anche voluto litigare per delle sciocchezze, stancarmi di vederlo, pensare che sarebbe stato meglio se fosse sparito. Bisticciare per leggere il giornale del mattino, accorgerci insieme di come molte canzoni che avevamo visto entrare in hit parade ormai facevano parte del passato.

Fare le cose più disparate, creare un universo in cui gli avvenimenti fossero tutti così complicati da non avere modo di chiedersi se fossero buoni o cattivi. Essere trasportata lontano e accorgermi di trovarmi in un posto splendido.

Sì, in pratica, fare un tutt'uno delle nostre responsabilità.

Piangendo, gli dissi tutto quello che sentivo.

Perché mai la gente, che ogni giorno può godersi quelle splendide cose, non sembrava particolarmente felice?

"Pregherò..." disse lui. Con l'intonazione solenne delle invocazioni. "Pregherò, perché tu possa conservare per sempre questo sentimento, anche se dovessi sposarti con qualcun altro."

Smisi di piangere. Il tempo era prezioso.

Finsi di farmi coraggio e sorridendo gli dissi: "Grazie".

Affinché conservasse un buon ricordo.

La fine, il principio

Hachi partì da Narita e io per qualche tempo mi sentii a terra.

Di notte mi svegliavo tra le lacrime e non lo trovavo al mio fianco. Una cosa imperdonabile.

Piangevo tanto da vomitare, sbattevo la testa contro il cuscino e l'unica cosa che riuscivo a fare era aspettare che il tempo passasse. Era un inferno, non potevo uscire per via degli occhi gonfi e qualsiasi cosa guardassi mi ricordava Hachi.

Quello che mi faceva soffrire di più era saperlo vivo senza poterlo incontrare.

Se fosse morto, forse sarei riuscita a farmene una ragione più facilmente. Quante volte decisi nel cuore della notte di partire per l'India il giorno dopo! "Lo cercherò per tutta la vita e, quando lo troverò, lo pregherò di tornare a tutti i costi, di tornare perché ho bisogno di lui..." A pensare queste cose, mi sentivo meglio e il dispiacere diminuiva. Quando, però, il sole del mattino sorgeva, mi rendevo conto che era una cosa praticamente impossibile. E il dolore mi assaliva di nuovo.

Gli addii erano proprio fastidiosi.

Tutto sommato conducevo una vita facile. Come c'era da aspettarsi, ero finita a casa di Alessandro Giovanni Gerevini. Anche perché di alternative non ne avevo.

In quell'appartamento stracolmo di oggetti, la stanza che mi aveva dato era un po' piccola, ma questo per me non costituiva un problema.

Qualche volta Alessandro Giovanni Gerevini mi spiava mentre facevo il bagno, ma mai mi usò violenza. Una notte che era ubriaco mi aveva baciata ed era stato sul punto di esagerare, ma si era ravveduto subito e da allora non si era più avvicinato. Amava Miki e non voleva farla piangere, così aveva detto. È proprio vero, gli italiani sono dei gentiluomini.

Comunque, visto che era sempre fuori, in pratica era come abitare da soli. Di notte, però, quando lo sentivo aprire piano piano le porte cercando di non fare rumore, mi sentivo più tranquilla. Qualche volta mi era capitato di sentire degli appassionati "rumori d'amore", proprio non sembravano curarsi del fatto che fossi sveglia o meno e non sempre la partner era Miki. Per me quello era un periodo assolutamente privo di stimoli sessuali, per cui nelle mie orecchie tali voci risuonavano come delicate vibrazioni di una pioggia primaverile.

Suoni estranei che lentamente scendevano nella triste prateria del mio cuore.

Per qualche tempo non riuscii a mangiare e naturalmente nemmeno a dipingere, ma Alessandro Giovanni Gerevini non mi disse niente.

Una volta che fui di nuovo in grado di farlo, quando mi riusciva qualche dipinto di cui andar fiera, glielo davo come pagamento dell'affitto. Invece, nei mesi in cui la mia vena artistica si inaridiva, non gli davo niente. Così, seppure da una parte pensassi di non dipingere per lui, dall'altra mi sentivo stimolata a farlo e a migliorare in continuazione.

A pensarci adesso, mi sembra una storia assurda. Al giorno d'oggi dedicarsi alle pratiche ascetiche è una cosa folle. Un ragazzo che in tutta serietà dica di volersi ritirare su una vetta himalayana, è davvero strano.

Mi era capitato addirittura di pensare che si fosse trattato di un sogno.

Eppure il mio Hachi romantico e innocente, la vita a due che avevamo inequivocabilmente vissuto, lo scandire di qualcosa che andava oltre il tempo, no, erano tutte cose esistite davvero.

Il giorno in cui Hachi era passato da casa mia all'improvviso, era stato il più felice della mia vita.

Non perché ormai fossi diventata pessimista. Ma perché le giornate felici che avevo vissuto in seguito non erano state altro che varianti di quella mattina d'estate. Tutte le cose che la prima volta scintillano con violenza e si consumano in un baleno sono le più incredibili.

Ne ero certa. Quando sarei morta con il viso pieno di rughe come la mia povera nonna, ci avrei pensato. A quel giorno fantastico.

"Quel giorno d'estate, è stato davvero così!"

Con una precisione che non concedeva nulla all'errore, era stato tutto uno splendido sviluppo di quella giornata, anche le condizioni del vento e della luce. Quante volte avrei pensato che gli dei esistono e i miracoli pure! Chissà quanto li avrei aspettati, respirando profondamente.

Volevo parlare a qualcuno di quegli eccessi, con l'animo che mi ardeva di desiderio, volevo morire soffocata dall'odore dei ricordi, intenso come quello dell'erba estiva. Sotto i raggi del sole cocente, immaginando la distesa di un campo di grano e io che me ne andavo camminando. Per una strada infinita che mi avrebbe portata da Hachi. Dopo avere dato un addio sincero alle persone che mi erano state vicinc, in un bel giorno d'estate come quello, me ne sarei voluta andare da questo mondo.

Non avevo dubbi che Hachi sarebbe campato più a lungo di me. Perché faceva pasti frugali e viveva in un ambiente salubre. Pertanto ero sicura che sarebbe sopravvissuto alla mia morte.

Mi capitava di sognare a occhi aperti:

Ho deciso, quando lascerò queste mie spoglie e sarò solo un'anima, per prima cosa andrò a trovarlo. Per un'anima ci vuole un attimo a volare in India. Non so se si accorgerà di me, comunque lo osserverò durante gli esercizi ascetici e gli starò alle costole così da non permettergli più di dire, vantandosene, di non vedere gli spiriti.

E ancora:

Sono venuta a prenderti! Come d'accordo. Sono stata a letto con tanti, tantissimi uomini, ma ne ho amato solo uno.

No, non sarebbe andata così... tutto sommato la nonna non mi aveva detto che lui sarebbe dovuto essere "il mio ultimo amante".

Mi aspettavano molte cose migliori. Cose splendide che però avrei dovuto cercare da sola a tentoni, nessuno me le avrebbe predette. Cose davvero divertenti, come quelle del periodo in cui ero stata con lui.

Ormai non mi interessava più ciò che succedeva a chi non avevo davanti.

Un giorno, poi, avrei amato qualcuno con la stessa intensità con cui avevo amato Hachi.

Era una cosa che mi passava per la testa ogni tanto, niente di più.

Un dovere in qualità di ultima amante di Hachi.

Tornai a scuola decisa a proseguire, dopo il diploma, gli studi artistici. Ma visto che non avevo soldi, non sapevo se darmi da fare per passare gli esami di ammissione di un istituto pubblico, oppure se sperare di poter fare un corso breve all'università o in una scuola specializzata. Non riuscivo ancora a pensare a cose così importanti, ma poco alla volta riprendevo a pensare al futuro come a una realtà.

Uno dei giorni a venire, sarei stata molto meglio e sarei sicuramente riuscita a distendere il mio animo nel cielo infinito, ormai libera dalle preoccupazioni. Così decisi di farmi piccola piccola e di stare ad aspettare.

L'aveva detto anche la caporedattrice di "Cosmopolitan".

"Quando una storia d'amore finisce e ci si sforza di stare bene a tutti i costi, è come mettere una banana verde nel microonde e cercare di farla diventare gialla."

Una sera in pieno autunno incontrai Alessandro Giovanni Gerevini a Shibuya.

A cena saremmo dovuti uscire tutti insieme a festeggiare il compleanno di Miki. Lui però mi aveva proposto di darci un appuntamento prima e di andare a comprarle un regalo.

Gli italiani, per quanto invecchino, hanno sempre idee molto carine.

Il cielo autunnale della metropoli era limpido e le mille luci elettriche splendevano nella notte. La folla, sebbene numerosa, sembrava lontana e non dava fastidio.

Pensai che sarebbe stato bello se l'uomo al mio fianco fosse stato Hachi e mi rattristai di nuovo. Tuttavia durante lo shopping mi sforzai di sorridere. Man mano che sotto le luci intense dei grandi magazzini guardavo dei tailleur appariscenti per Miki, l'animo mi si rischiarava.

Quando uscimmo all'aria aperta soffiava un vento freddo. Mancava ancora parecchio tempo all'appuntamento con Miki, perciò decidemmo di andare a prenderci un tè. Alessandro Giovanni Gerevini, con l'enorme regalo nella mano destra, mi porse il braccio sinistro. Accettai l'invito e, abbracciata a lui con un'innocenza tale da far credere di averlo sempre fatto, m'incamminai al suo fianco.

"Fa abbastanza freddo, eh?"

"Sì, sì."

Il suo cappotto aveva addosso una fragranza straniera e lui con il suo fisico possente mi proteggeva dalla tristezza della città. Pensai con nostalgia: che bello avere degli amici. Come ho potuto pensare ancora a Hachi? Fra poco andremo tutti a cena insieme. Niente male, no?

"Idea! Prendiamo le caldarroste! Dai!"

Si fermò di scatto, ne comprò un po' in un negozietto che dava sulla strada e aprì subito la confezione. Un profumino delizioso di castagne si sprigionò nell'aria e noi, fermi in mezzo alla strada, cominciammo a mangiarle scambiandoci sorrisi.

In quegli istanti percepivo una profonda freschezza, avevo l'impressione di trovarmi in un paese straniero mai visitato in passato. Lì, con il mio amico, riparati dalla folla, mangiavo le caldarroste e Hachi nello stesso frangente...

"...non è morto, vive!!! Da qualche parte sotto questo cielo."

Fu una cosa di cui mi resi conto all'improvviso. In quel momento anche lui era vivo c proprio come me stava facendo qualcosa in compagnia di qualcuno, scandendo così il tempo della vita.

L'incredibile tristezza che avevo provato fino a quel giorno cominciò ad apparirmi una gioia, al punto che mi vennero le lacrime agli occhi. Come un raggio di sole dorato che penetra tra le fitte nubi, il presente irradiava tutto il suo potere magico.

A guardarla con quello spirito, la città alle spalle di Alessandro Giovanni Gerevini si estendeva costellata di tinte vivaci. Da quella angolazione la luna, con un colore che solo quel giorno avrebbe avuto, splendeva piccina dietro i grattacieli. Mentre tra una caldarrosta e l'altra parlavamo di quello che ci era successo durante la giornata, al nostro fianco sfilavano cortei di automobili e di persone dalle mille tonalità.

Momenti come questo sarebbero aumentati poco alla volta. Hachi non l'avrei mai dimenticato, quell'emozione, forse, sì.

Una consapevolezza triste eppure meravigliosa.

Glossario

Aoyama Book Center: catena di librerie, la cui sede di Roppongi a Tōkyō resta aperta fino all'alba.

Calpis: bibita analcolica non gassata a base di latte.

Daimaru: catena di grandi magazzini.

engawa: veranda al pianoterra delle abitazioni tradizionali da cui si può accedere direttamente al giardino.

Freshness Burger: catena di fast food diffusa soprattutto a Tōkyō nelle zone di Shibuya (v.) e di Ebisu.

furoshiki: quadrato di tessuto, generalmente di seta dai colori vivaci, usato per avvolgere oggetti. I quattro capi vengono annodati tra di loro in modo da renderne agevole il trasporto.

fusuma: porta scorrevole da interni formata da un'intelaiatura in legno su cui sono montati pannelli di carta.

futon: l'insieme di materassino e trapunta che costituisce il "letto" giapponese. Si stende direttamente a terra e di giorno si ripone nell'*oshiire* (v.).

Gin no suzu: punto di ritrovo all'interno della stazione di Tōkyō.

Izu: penisola della provincia di Shizuoka nota per le numerose stazioni termali e le località di villeggiatura.

kalbi (coreano): piatto coreano di carne cucinata ai ferri.

Kansai: la regione che comprende le città di Kyōto, Ōsaka, Kōbe e le province circostanti.

La Bohème: catena di bar-ristoranti aperta fino a notte fonda.

Mister Donut: catena di caffè di stile americano dove vengono serviti i *doughnuts*. Alcune delle sedi più centrali restano aperte ventiquattr'ore su ventiquattro e sono frequentate in prevalenza da giovanissimi.

Narita: l'aeroporto internazionale di Tōkyō.

Okusawa: elegante zona residenziale del quartiere di Setagaya (v.) a Tōkyō.
oshiire: l'armadio a muro della casa giapponese tradizionale. Chiuso da pannelli scorrevoli, oltre che per la biancheria e i vestiti, viene usato per riporvi i *futon* (v.) durante il giorno.
rāmen: tagliatelle cinesi di farina di frumento servite in brodo.
ryokan: albergo in stile tradizionale giapponese.
Setagaya: quartiere residenziale di Tōkyō.
Shibuya: quartiere centrale di Tōkyō frequentato in prevalenza da giovani. Uno dei suoi *rendez-vous* spot più famosi è lo spiazzo antistante la statua del cane Hachikō.
Shinjuku: grande quartiere centrale di Tōkyō nella cui parte occidentale si trovano i grattacieli più imponenti della capitale.
Shinkansen: treno super rapido che collega le principali città giapponesi con corse tanto veloci quanto frequenti.
shōji: pannelli scorrevoli antistanti le finestre o l'*engawa* (v.) formati da un'intelaiatura di legno ricoperta, solo sul lato esterno, di carta bianca opaca che lascia filtrare una luce soffusa.
sūtra (sanscrito): testi base della dottrina buddhista.
udon: grossi spaghetti di farina di frumento, generalmente preparati in brodo.
yakisoba: spaghetti di grano saraceno saltati in padella o cotti sulla piastra con verdure e carne.
Yamanashi: provincia prevalentemente montuosa adiacente a quella di Tōkyō.
yukata: leggero kimono di cotone usato soprattutto in estate. Nei *ryokan* (v.) e in alcuni alberghi viene dato in dotazione agli ospiti come pigiama.

Indice

Stampa Grafica Sipiel
Milano, giugno 1999